Anonymus

Inscriptiones Pedemontanae

Anonymus

Inscriptiones Pedemontanae

ISBN/EAN: 9783742832481

Manufactured in Europe, USA, Canada, Australia, Japa

Cover: Foto ©Andreas Hilbeck / pixelio.de

Manufactured and distributed by brebook publishing software
(www.brebook.com)

Anonymus

Inscriptiones Pedemontanae

INSCRIPTIONES
PEDEMONTANAE
INFIMI AEVI
ROMAE EXSTANTES
OPERA ET CURA
D. PETRI ALOYSII GALLETTI ROMANI
ORD. S. BENEDICTI CONGREGATIONIS CASINENSIS
ABBATIS SS. SALVATORIS ET CYRINI DE INSULA IN AGRO SENENSI
ET IN BIBLIOTHECA VATICANA LINGUAE LATINAE PROFESSORIS
COLLECTAE.

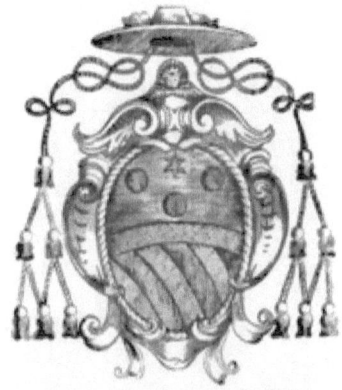

ROMAE MDCCLXVI.

TYPIS GENEROSI SALOMONI BIBLIOPOLAE
SUPERIORIBUS ANNUENTIBUS.

ANTONIO . THOMATO

EX . COMITIBVS . CELLARENGHI . ET . CLVSAE . VETERIS
PATRICIO . ASTENSI . ET . ROMANO
V. S. REFERENDARIO

SS· DÑI · NRI · CLEMENTIS · XIII·
P. O. M.

PRAELATO . DOMESTICO
VIRO
MAIORVM . EXEMPLO
AD . ECCLESIASTICAS . DIGNITATES . INSTITVTO
AMORE . IN . LITTERAS
PROBATISSIMO
GENTIVM OMNIVM

CAROLO · EMANVELI

SARDINIAE . REGI . INVICTO
SVBIECTARVM
MONVMENTA
QVAE . IN . VRBE . AETERNA . EXSTANT
A . SE . COLLECTA
ET . IPSIVS . AVSPICIIS . MVNIFICENTIAQVE
ERVDITORVM . COMMODO
TYPIS . EDITA
PETRVS . ALOYSIVS . GALLETTI . CASINENSIS
ABBAS . INSVLANVS
D. D. D.

MONITUM.

UM alias pluribus de meo in col-
ligendis, edendifque quibufcum-
que Romae exiftentibus infimi aevi
infcriptionibus confilio egerim in
praeloquiis unicuique jam vulga-
to volumini praemiffis, haud con-
gruum puto in hoc denuo immorari. Itaque id
unum heic adnotabo, quod Pedemontanas infcri-
ptiones, ut illuftriffimo ac reverendiffimo praefuli
Antonio Thomato U.S. Ref. morem gererem, edi-
turus, optimo jure iifdem adnectendas effe exifti-
mavi eas etiam, in quibus urbes feu loca memorantur, quae etfi extra Pedemontis provinciam confti-
tuta fint, imperio tamen CAROLI EMANUE-
LIS Sardiniae Regis invictiffimi feliciter fubji-
ciuntur. Quamobrem fub uno Pedemontanarum
infcriptionum titulo reperies quoque Sardas, Sa-
baudienfes, Montisferratenfes, Novarienfes, Der-
thonenfes, Viglevanenfes; & harum omnium
collectionem ideo Pedemontanam dixi, quia fa-
pientiffimus tot, & tam illuftrium nationum
Princeps, Taurini, quod Pedemontii metropolis
est,

eſt, regiam ſuam habet ſedem. Praeterea in Militum claſſe, omnes omnino, etſi aliarum nationum equites SS. Mauritii & Lazari referre opportunum viſum eſt, quod omnes illuſtriſſimo huic ordini adſcripti nobiles viri ab eodem Sardiniae Rege veluti ſupremo capite, ac magiſtro, avito jure reguntur.

OPERIS CONSPECTUS.

IM.

SUM-

ROMANI PONTIFICES

CLASSIS PRIMA.

S. HILARI SARDI
A. C. CCCCLXI.

1.

Laterani.

In oratorio S. Johannis evangelistae in zophoro;
quod imminet hujus sacelli januae,
unica linea.

LIBERATORI SVO BEATO IOHANNI EVANGELISTAE HILARVS
EPISCOPVS FAMVLVS XPI

2.

Interius, supra januam:

CLEMENS VIII. PONT. MAX.
ORATORIVM A S. HILARO PAPA IN HONOREM
SANCTI IO. EVANGELISTAE LIBERATORIS SVI ET
ALTERVM E REGIONE SANCTI IO. BAPTISTAE NOMINE
ANTE ANNOS MILLE ET CENTVM EXTRVCTA
VETVSTATE DEFORMATA
AD CONSERVANDA RELIGIOSAE ANTIQVITATIS
MONVMENTA RESTITVIT ATQVE ORNAVIT
AN. M. D. XCVII. PONTIF. VI.

A   S. Me-

3.

Ibidem.

In oratorio S. Johannis Baptistae, in ejusque superliminari.

✻ HILARVS EPISCOPVS ✻ SANCTAE PLEBI DEI ✻

4.

Interius supra januam.

DILEXI DECOREM DOMVS TV...

5.

In aeneis portis ad dexteram.

IN HONOREM BEATI IOHANNIS BAPTISTAE

6.

Ad sinistram.

HILARVS EPISCOPVS DEI FAMVLVS OFFERT

S. PII V.

A. C. MDLXVI.

7.

S. Mariae supra Minervam.

Humi.

D. O. M.
FR. MICHAEL GHISLERIVS EX OPPIDO BOSCHI
AGRI ALEXANDRINI ORD. PRAEDIC.
TT. S. SABINAE S. R. E. PRESB. CARD.
NOSCENS TERRAM TERRAE SE REDDITVRVM
OB CERTAM RESVRRECTIONIS SPEM
IN VIRGINIS DEI GENITRICIS TEMPLO
CVIVS ET SANCTORVM AC PIORVM VIVENTIVM
CVPIENS ADIVVARI SVFFRAGIIS

HVNC

CLASSIS I.

HVNC SIBI LOCVM VIVENS
STATVIT
IN QVO CADAVER CVM SVVM OBIERIT DIEM
PONI CVRAVIT
ANNVM AGENS ÆTATIS SVÆ LX
ET HVMANÆ SALVTIS MDLXIIII
ANNO VERO MDCCVIII
MARCHIO IOANNES BAPTISTA PAPIEN.
MICHAEL PIVS RAYMVNDVS
ET INNOCENTIVS ROM. DE GHISLERIIS
RESTAVRANDVM CVRARVNT

8.

SS. Trinitatis in Monte Pincio.

Sepulcrum cum protome.

Dextrorsum.

RODVLPHO PIO CARD
CARPEN. PRINCIPI SENAT
AMPLISS^{IS} ECCL^Æ DEI MVNE
RIBVS SINGVLARI PRV
DENTIA PERFVNCTO

IVRIS ECCLESIASTICI

DEFENSORI . A . GRATIA
TERRORE VOLVPTATV̄
ILLECEBRIS ET ADVER
SIS CASIBVS ÆQVE IN
VICTO AD BENEFICEN
TIAM NATO IN SV̄MA
GRAVITATE
IVCVNDISS.O

Sinistrorsum.

PIVS V. PONT. MAX. SA
LVTARIS OFFICII IN CV
STODIA CATHOLICÆ
VERITATIS CONSORTI
PERPETVIS DE CHRI
STIANA REP^{CA} SENSIBVS
STVDIISQ CONIVNCTISS^O
HOC AMORIS ET IVDICII
SVI MONVMENTVM PO
SVIT AN. SAL. MDLXVIII
PONT. SVI III. VIX. AN
LXIIII. MEN. II. DIES VIII
OBIIT ANNO SAL LXIIII
VI. NON MAIAS

9.

In fronte palatii Inquisitionis :

PIVS V. P. M.
CONGREGATIONIS . SANCTAE . INQVISITIONIS
DOMVM . HANC . QVA . HAERETICAE
PRAVITATIS . SECTATORES . CAVTIVS
COERCERENTVR . A . FVNDAMENTIS
IN . AVGVMENTVM . CATHOLICÆ
RELIGIONIS . EREXIT
ANNO . M. D. LXIX

10.

S. Mariae supra Minervam :

Sepulcrum cum statua sedente.

IESV . CHRISTO
SPEI . ET . VITAE . FIDELIVM
PAVLO . IV. CARRAFAE . PONT. MAXIMO
ELOQVENTIA . DOCTRINA . SAPIENTIA . SINGVLARI
INNOCENTIA. LIBERALITATE. ANIMI. MAGNITVDINE. PRAESTANTI
SCELERVM . VINDICI . INTEGERRIMO
CATHOLICAE . FIDEI . ACERRIMO . PROPVGNATORI
PIVS . V. PONT. MAXIMVS
GRATI . ET . PII . ANIMI . MONVMENTVM
POSVIT
VIXIT . AN. LXXXIII. MENS. I. D. XX.
OBIIT . ꝏ DLIX
XVIII. KAL. SEPT. PONT. SVI . ANNO . V.

S. Jo-

11.

S. Johannis in Laterano.

In pariete.

PIVS V. PONT. MAX.

SIGNA DE CAROLI IX. CHRISTIANISSIMI GALLIAE REGIS
PERDVELLIBVS IISDEMQ. ECCLESIAE HOSTIBVS A SFORTIA
COMITE SANCTAE FLORAE PONTIFICII AVXILIARII EXERCITVS
DVCE CAPTA RELATAQ. IN PRINCIPE ECCLESIAR. BASILICA
SVSPENDIT ET OMNIPOTENTI DEO TANTAE VICTORIAE
AVCTORI DICAVIT ANNO M.D.LXX.

12.

S. Crucis in Hierusalem.

EX AVCTORITATE PII V. PONTIFICIS MAXIMI
FRANCISCVS CARDINALIS PACECVS
LOCVM HVNC
IN QVO SANCTISSIMAE RELIQVIAE CONDERENTVR
EXTRVXIT DICAVITQVE ANNO MDLXX.

13.

In aula regia palatii Vaticani.

Sub pictura exprimente navale proelium ad Ecbinadas.

CLASSES OPPOSITAE TVRCARVM VNA CHRISTIANAE SOCIETA-
TIS ALTERA

INTER PIVM V. PONT. MAX. PHILIPPVM HISPANIAE REGEM VE-
NETAM

REMPL. INITO IAM FOEDERE INGENTIBVS VTRINQVE ANIMIS
CONCVRRVNT

14.
Ibidem.
Sub alia de eadem re pictura.

HOSTES PERPETVI CHRISTIANAE RELIGIONIS TVRCAE DIVTVR-
NO VICTORIARVM SVCCESSV EXVLTANTES SIBIQVE TEMERE
PRAEFIDENTES

MILITIBVS DVCIBVS TORMENTIS OMNI DENIQVE BELLICO AP-
PARATV AD TERROREM INSTRVCTI AD ECHINADAS INSVLAS
A COMMVNI CLASSE

PROELIO POST HOMINVM MEMORIAM MAXIMO PERSPICVA DI-
VINI SPIRITVS OPE PROFLIGANTVR MDLXXI.

15.
In bibliotheca Vaticana.
In pariete primi cubiculi.

PIVS PAPA V. CENTVM QVINQVAGINTA OCTO VOLVMINA
LITTERARVM DIVERSORVM PONTIFICVM AVENIONE IN
BIBLIOTHECAM VATICANAM ASPORTARI IVBET

16.
In palatio Vaticano.
In fronte facelli a fancto pontifice conftructi.

PIVS V. P. M.

17.
S. Spiritus in Saxia.
In aula palatii.

PIO V. ALEXANDR. P. M.
REI FRVMENTARIAE EXTRACTIO

NVM

NVM VNDE AEDIFICII HVIVS
EXTRVENDI PECVNIA POTISS.
EFFLVXIT INDVLTORI LIBERALISS.

18.

S. Mariae fupra Minervam.
In fronte ecclefiae .

PIVS V. PONT. MAX.
EX ORD. PRAED.

19.

S. Mariae Majoris.
Infigne fepulcrum cum fancti pontificis ftatua .

PIO V. PONT. MAX.
EX ORD. PRAEDIC.
SIXTVS V. PONT. MAX.
EX ORD. MINOR.
GRATI ANIMI MONVMENTVM
POSVIT

In ipfa urna litteris aeneis .

CORPVS
S. PII V.
PONT. MAX.
EX
ORD. FF. PRAED.

Dextrorfum .

SELINVM TVRCARVM TYRANNVM
MVLTIS INSOLENTEM VICTORIIS INGENTI PARATA CLASSE
CY-

CYPROQ. EXPVGNATA CHRISTIANIS EXTREMA MINITANTEM
PIVS V. FOEDERE CV̄ PHILIPPO II. HISPANIAR. REGE
AC REP. VEN. INITO
M. ANTONIVM COLVMNĀ PONTIFICIAE CLASSI PRAEFICIĒS
AD ECHINADAS HOSTIBVS XXX. MILL. CAESIS X. MILL.
IN POTESTATEM REDACTIS TRIREMIBVS CLXXX. CAPTIS
XC. DEMERSIS XV. MILL. XP̄IANIS A SERVITVTE LIBERATIS
PRECIBVS ET ARMIS DEVICIT

Siniſtrorſum:

GALLIAM CAROLO IX. REGE PERDVELLIVM
HAERETICORVMQ. NEFARIIS ARMIS VEXATAM VT DE REGNO
DEQ. RELIGIONE ACTVM VIDERETVR
PIVS V. SFORTIAE COMITIS SANCTAE FLORAE DVCTV
MISSIS EQVITVM PEDITVMQ. AVXILIARIBVS COPIIS
PERICVLO EXEMIT
HOSTIBVSQ. DELETIS VICTORIAM REPORTAVIT
REGI REGNVM CVM RELIGIONE RESTITVIT SIGNA
DE HOSTIBVS CAPTA AD LATERAN. BASILICAM
SVSPENDIT

20.

S. Mariae de Aracoeli.

Litteris auratis in majori arcu:

QVOD . PII . V. P. M. PHILIPPI . II. HISP. REG. S. Q. VENETI.
AVSPICIIS . ICTO . CONTRA . TVRCAS . FOEDERE
CHRISTIANA . CLASSIS . AD . ECHINAD. PROEL.
DIMI.

DIMICAVERIT . TRIREMES . HOSTIVM . CLXXX. CEPERIT . XC.
DEMERSERIT . S. P. Q. R. VOT. SOL. IN . REDITV

M. A. COLVMNAE . PONT. CLASS. PRÆF.

ET . NAVALIS . VICTORIÆ . MONVMENTVM

DEIPARÆ . VIRGINI . LAQVEAR . AVREVM . DD, M. D. LXXV.

GREGORII , XIII, P. M. A. IV,

21.

Ibidem :

IESV . CHRISTO . HVMANÆ . SALVTIS . AVCTORI
QVOD . PIVS . V. PONT. MAX. ANIMI . CELSITUDINE
CVM . PHILIPPO . II. HISPANIAR. REGE . S. Q. VENETO
FOEDERE . INITO . SELYMVM . TVRCARVM . TYRANNVM
AD . ECHINADAS . INSVLAS . NAVALI . PRÆLIO . POST
HOMINVM . MEMORIAM . MAXIMO . DEVICERIT

S. P. Q. R.

M. ANTONIO . COLVMNA . PONTIFICIÆ . CLASSIS : PRÆF.
REDVCE . OVANTEQVE . OMNIVM . ORDINVM
GRATVLATIONE . RECEPTO . ÆDEM . HANC . AVREO
LAQVEARI . VEXILLISQVE . HOSTIVM . EXORNAVIT
ANNO . SAL. CIƆ. D. LXXXVI

ALEXANDRO MVTIO	MARCO ANTONIO SPANNOCCHIA
DOMINICO CAPRANICO COSS.	ANTONIO CAMAIANO
IOANNE BAPT. CORONATO	IOHANNE BAPT. ARAGON COSS.
TIBERIO MAXIMO PRIORE	HORATIO BONIOAN. PRIORE

22.

Supra interiorem portam palatii Inquifitionis.

PIO V. P. O. M.

ORTHODOXAE RELIGIONIS

ZELATORI VIGILANTISSIMO

HAERETICAE PRAVITATIS

HOSTI ACERRIMO

HVIVSCE DOMVS LARGITORI BENEFICENTISSIMO

A CLEMENTE PP. XI.

SOLEMNI RITV SANCTORVM FASTIS ADSCRIPTO

DIE XXII. MAII MDCCXII.

S. C. S. O. P.

REGES

CLASSIS SECUNDA.

1.

In cryptis Vaticanis.

Carolettae Cypri Reginae, Ludovici
Sabaudiae Principis uxoris.

KAROLA HIERVSALEM CYPRI
ET ARMENIAE REGINA
OBIIT XVI. IVLII AN. DNI
M. CCCC. LXXXVII.

2.

In hospitali S. Spiritus in Saxia.

Sub imagine depicta.

KAROLETTA CYPRI REGINA REGNO PORTVNISQVE
SPOLIATA AD XYSTVM IIII. SVPPLEX CONFV
GIENS AB EODEM TANTA BENIGNITATE AC
MVNIFICENTIA SVSCIPITVR VT PRAE INCREDI
BILI ADMIRATIONE ANIMIQVE GRATITVDINE
IN EIVSDEM PONTIFICIS LAVDES PRORVMPENS
NON SOLVM SATIS ELOQVENTIAE HAVD SVP
PEDITARI VERVM ETIAM ANIMI VIRES
AD EAS EXPLIGANDAS SIBI DEFECISSE VIDERI
PASSA SIT

3.
In Vaticano.

In oratorio olim S. Andreae.

VGONI LINGLES EQVITI NICOSIENSI
REGNI CYPRI CAMERARIO BERVTIQ
DOMINO CAROLOTTAE DE LVSIGNANO
REGINAE CYPRI INCLITAE CONSILIARIO
FIDISSIMO DVM ILLAM PER TYRAN
·NIDEM   PVLSAM   APVD   SEDEM
APOSTOLICAM   EXVLANTEM   IN
TANTA FORTVNAE INIQVITATE SVM
MA FIDE ET CONSTANTIA SEQVITVR
TIBVRI DEFVNCTO AC IN VRBEM TRADV
CTO ANNA VXOR DVLCISSIMA BENEME
RENTI POSVIT SEDENTE XYSTO IIII.
OBIIT XIIII. AVGVSTI ANNO SALVTIS
MCCCCLXXVI.   VIXIT   ANNOS
LVI. MENS. VIII. DIES XXVIII.

4.
In ecclesia SS. Sudarii.
In pariete.

CAROLO . EMANVELI

SARDINIAE . CYPRI . ET . HIERVSALEM . REGI

SABAVDIAE . &c. MONTISFERRATI. &c. DVCI . PEDEMONTIVM
PRINCIPI . &c.

QVOD

HANC . NATIONIS . SVAE . ECCLESIAM

SVBDITORVMQVE . IN . EA ; IAMDIV . INSTITVTAM

AR.

ARCHICONFRATERNITATEM

PRETIOSIS . B. AMEDEI . SABAVDIAE . DVCIS . RELIQVIIS

DECORAVERIT

PIETATE . MVNIFICENTIA . AC . PATROCINIO

DITAVERIT . AVXERIT

ANTONIVS . THOMATVS

V. S. REFERENDARIVS

CLEMENTIS . XIII. PONT. MAX. PRAELATVS . DOMESTICVS

EIVSDEM . ECCLESIAE . PRAEFECTVS

TANTAE . BENEFICENTIAE

MONVMENTVM

SODALIBVS . PLAVDENTIBVS

PONI . CVRAVIT

ANNO . MDCCLXV

S. R. E. CARDINALES
CLASSIS TERTIA.

───────────────

I.

S. Praxedis.

In pariete:

QVINTILVS ET
ANNIBAL DE CAIIS
QVI PRO REGIBVS
ARAGONE IN
SARDINIA CLARIS
SIMAS VICTORIAS
CONTRA PISANOS
GLORIOSE
REPORTARVNT
SEPVLCHRVM HOC
GENTILI SVO
INSTAVRARVNT
M. CCCXXXII.

Humi.

In gyro sepulcri cum imagine ex anaglypho:

HIC REQVIESCIT
BENEDICTVS GAIVS CALARITANVS ANASTASII FILIVS PRESBY-
TER CARDINALIS
TITVLI SANCTE
PRAXEDIS CREATVS A GREGORIO SEPTIMO OBIIT ANO DNI
MLXXXVII.

S. Chry-

2.

S. Chryfogoni.

In pariete.

HIC SEPVLTVS EST
CONSTANTINVS CAO CALARITANVS
CVM HILARO PATRE ET ANASTASIO FRATRE
QVI HOSPITALE PRO SARDINIAE PAVPERIBVS
FVNDAVIT
CVI AEDES ATTRIBVIT ET CENSVS APPLICAVIT
HILARI PRECIBVS SARDINIAM A SARACENIS
PAPA LIBERARI CVRAVIT
ANASTASIVS FVIT LITERARVM PERITISSIMVS
PONTIFICIBVS CARVS ET PIETATE CLARVS
BENEDICTVS CAIVS ANASTASII FILIVS POSVIT
MLXVIII
HANC MEMORIAM PRIORI LAPIDE
VETVSTATE ABSVMPTO
FRANCISCVS CAIVS CALARITANVS
ALEXANDRI SEXTI CVBICVLARIVS
GENTILIBVS SVIS RENOVAVIT   MDI.
BENEDICTVS SVPRADICTVS FVIT A GREGORIO VII
CREATVS PRESBITER CARDINALIS SANCTAE PRAXEDIS

●

3.

S. Petri in Vaticano.

In cryptis.
Sepulcrum cum imagine.

HIC DE LA PORTA IACET . ARDICINVS VTROQVE
IVRE TENES . PRIMVM DOCTOR IN ORBE LOCVM
PRIMVS ET ORABAT PER CŌSISTORIA CAVSAS
IVSTICIAM SVMMA RELIGIONE COLENS

POST.

POST. AD CARDINEVM MERITO EXALTATVS
HONOREM
INTER APOSTOLICOS SEDIT ET IPSE PATRES
TALEM ROMA TIBI LOMBARDA NOVARIA MISIT
INSIGNEM GENERIS NOBILITATE VIRVM
QVI OBIIT ANNO DÑI MCCCCXXXXIIII.
DI VIIII. APRILIS

4.

S. Mariae de Populo:

Sepulcrum cum statua jacente, in ipsa urna:

CONCORDES ANIMOS PIASQ MENTES   •
VT DICAS LICET VNICAM FVISSE
COMMISTI CINERES SEQVENTVR ET SE
CREDI CORPORIS VNIVS IVVABIT

In bafi:

CHRISTOPHORO RVVEREO TT. S. VITA
LIS PRESBYTERO CAR
DOCTRINA MORIBVS AC PIETATE INSIGNI
DOMINICVS XYSTI IIII. PONT. MAXIMI
BENEFICIO MOX TITVLI
SVCCESSOR AC MVNERIS FRATRI
B. M. ET SIBI POSVIT
V. A. XLIII. M. VII. D. XIX
OB. AN. VIII. PONT. XYSTI
KL. FEBR.

Ibh.

5.
Ibidem.

Ad aram sacelli B. Virgini Mariae dicati.

DOMINICVS RVVERE CARD. S. CLEMEN
TIS CAPELLAM MARIAE VIRG. GENE
TRICI DEI AC DIVO HIERONYMO
DICAVIT

6.
Ibidem.
Humi.

DOMINICVS RVVERE CARD.
TIT. S. CLEMENTIS QVI AEDEM
HANC A FVNDAMENTIS PER
FECIT HIC PRO TEMPORE
QVIESCIT

7.
S. Petri in Vaticano.
In cryptis.
Sepulcrum cum imagine.

ARDICINO DELA PORTA ARDICINI CARD.
NEPOTI EPO ALERIEN. IVR. VTR. PERITISS.
CONCILIATORI MATHIAE VNGAR. REGIS CV
FRIDERICO III. AVG. GRARVM IVSTICIAEQ
REFERENDARIO ET SIGNATORI SEDENTE
XISTO IIII. AC INNOCETIO VIII. ET AB HOC
SPONTE OB MERITA PRESB. CARD. ELECTO
QVI VIX. AN. LVIII. DECES. SVB ALEXANDRO
VI. AB SALVTE NR MCCCCLXXXXIII.

PRID. NON. FEBR.
DOMESTICI CLIENTES HAEREDES SACELLO OR
NATO MONIMENT. HERO. EXEPLI POS.
AEQVA INDVSTRIAE
FIDES ET PVDOR

8.

S. Clementis.

Humi.

IOHANNI STEPHANO FERRERIO
SS. SERGII ET BACCHI PRESB. CARD. BONONIEN.
VIRO SANCTITATE DOCTRINAQVE INSIGNI
VIXIT ANN. XXXVI. MENSES V. OBIIT ANN. MDX
III. NONAS OCTOBRIS
IVLIO II. PONTIFICE MAXIMO

9.

S. Mariae supra Minervam:

Humi.

D. O. M.
IACOBO PVTEO NICIENSI
S. R. E. PRESBYTERO CARD.
AC INTEGERRIMO VIRO
QVI SVMMAM I. V. SCIENTIAM
ITA CVM SVMMA PROBITATE CONIVNXIT
VT VNVS REIPVBLICÆ CONSTITVENDÆ
DISCIPLINÆQVE VETERIS REVOCANDÆ
PRÆCIPVVS AVCTOR
VOTIS BONORVM EXPETERETVR
VIXIT ANN. LXVIII. MENS. II. DIES XV.
OBIIT VI. KAL. MAII MDLXIII
ANTONIVS PVTEVS ARCHIEP. BARENSIS
NEPOS POSVIT   Ibi-

10.

Ibidem.
Humi.

D. O. M.
SEPVLCRVM
IACOBO A PVTEO S. R. E. PRESBIT. CARD.
KAL. MAII AN. MDLXIII
PER ANTONIVM A PVTEO EPISC. BARIENSEM
EXTRVCTVM
COSMVS ANTONIVS A PVTEO
MARIAE VICTORIAE GVIDAE VOLTERRANAE
CONIVGI CARISSIMAE
DIE XXIII. IANVARII ANN. MDCXV
AET. SVAE ANN. XXX. MENS. VIII
VITA FVNCTAE INSTAVRANDVM CVRAVIT
SIBI POSTERISQVE SVIS PARAVIT

11.

S. Mariae Majoris.
Humi.

D. O. M.
PETRO FRANCISCO FERRERIO
TIT. S. ANASTASIAE S. R. E. PRESBYTERO CARDINALI
IO. STEPHANI BONONIEN. ET BONIFACII PORTVENSIS CARDD.
EX FRATRE NEPOTI
PHILIPERTI EPOREDIENSIS CARDINALIS FRATRI
GVIDO CARDINALIS VERCELLEN.
PATRVO OPTIMO OPTIMEQ. DE SE MERITO P.
VIXIT ANN. LIII.
OBIIT AN. SAL. MDLXVI. PRIDIE IDVS NOVEMB.

12.

S. Pancratii.

Humi.

D. O. M.
IO. PAVLO ECCLESIO DERTO
NENSI S. R. E. TIT. S. PANCRATII
PRESB. CARD.
VIRO INGENIO MEMORIA
FACŪDIA ET PROBITATE
SINGVLARI
IVRISCONSVLTO EXIMIO
A PIO V. PONT. MAX
SIGNAT. IVST. PRAEFECTO
LVDOVICVS VICECOMES
AFFINI OPTIMO ET AMANTISS.
P
VIXIT AN. LIIII. M. D.
OBIIT IDIB. IAN. AN. IVB.
MDLXXV

13.

S. Mariae Majoris.

Sepulcrum cum protome marmorea.

D. O. M.

GVITO FERRERIVS TT. SS. VITI ET MODESTI

S. R. E. PRESBYTER CARDINALIS VT VIVENS VIVENTI PATRVO

PETRO FRANCISCO CARD. ET DIGNITATE ET VOLVNTATE
CONIVNCTISS. FVIT

ITA MORIĒS CORPORE AB ILLO ABESSE NOLVIT

CVM

CVM QVO ETIAM SVMMA DEI BENIGNITATE FRETVS CELESTI

AC SEMPITERNA FELICITATE

SE FRVITVRVM

SPERAT

OBIIT DIE XVL MAII MDLXXXV.

14.

S. Mariae fupra Minervam.

Sepulcrum cum ſtatua jacense.

MICHAELI . BONELLO . ORDINIS . PRAEDICATORVM

S. R. E. CARD. ALEXANDRINO . EPISCOPO . ALBANENSI

PII . V. EX . EODEM . ORDINE . SANCTISSIMI . PONT. SORORIS
NEPOTI

AB . EOQ. AD . GRAVISSIMA . SEDIS . AP. NEGOTIA . MODE-
RANDA . ADHIBITO

LEGATO . SACRI . FOEDERIS . ICIENDI . CAVSA . AD . REGES

IN . GALLIAM . HISPANIAM . LVSITANIAM

CVNCTIS . A . SE . PRO. REP. SVSCEPTIS . STRENVE . AC . FE-
LICITER . PERFVNCTO

RELIGIONIS . PRVDENTIAE . INTEGRITATIS

EXIMIAEQ. VIRTVTIS . LAVDE . PRAESTANTISSIMO

VIXIT . ANNOS . LVL MENSES . IV. DIES . VL OBIIT . IV. KAL.
APR. CIƆ IƆ XCVIII.

QVOD . ILLI . MONVMENTVM . OB . IOANNEM . ALDOBRANDI-
NVM . FRATREM

IN . SACRVM . COLLEGIVM . A . PIO . COOPTATVM

ALIAQ.

ALIAQ. EIVS . AVVNCVLI . IN . SE . FAMILIAMQ. SVAM. MERITA
CLEMENS . VIII. PONT. MAX. INSTITVERAT
PETRVS . CARD. ALDOBRANDINVS . S. R. E. CAMERARIVS
GRATAM . PATRVI . VOLVNTATEM . SECVTVS
COLLEGAE . OPT. POS. AN. CICICCXI.

15.
S. Petri ad Vincula.
In pariete.

D. O. M.
HIERONYMO . DE . RVVERE
TT. S. PETRI AD VINCVLA
PRESB. CARD.
TAVRINEN. ARCHIEPISCOPO
QVI : A . PVERITIA . ADMIRABILIS . INGENII
LINGVARVM . SCIENTIAE . ELOQVENTIAE
MOX . PRVDENTIAE . AC . DOCTRINAE
INSIGNIA . DEDIT . DOCVMENTA
VIRTVTISQ. ET . NOMINIS. SVI . CELEBRITATE
ITA . SEMPER . APVD . MAGNOS . PRINCIPES
ET . NATIONES . CLARVIT
VT . NVLLO . VMQVAM . HONORIS . GRADV
NON . DIGNISS. HABERETVR
LAELIVS . ET . IVLIVS . FRATRES
PATRVO . OPT. POSS.
VIX. AN. LXI. MEN. XI. D. XXVI
OB. VII. KL. FEB.
DVM . COMITIIS . PONTIFICIIS
IN . CONCLAVI . INTERESSET
CID. ID. XCII.

S. Mi-

16.
S. Mariae in Via lata.
In pariete.

SERENISSIMO PRINCIPI
MAVRITIO A SABAVDIA
HVIVS TIT. DIAC. CARD.
QVI REGVM SATV ORTVS REGIA LIBERALITATE
PRINCEPS ET ABSQVE EXEMPLO
PRETIOSISSIMA SACRARIVM SVPELLECTILE INSTRVXIT
ET ECCLESIAE MAIORA IN DIES ORNAMENTA MEDITATVR
CANONICI
AETERNVM STATVERVNT GRATIAE ET HONORIS MONIMENTVM
ANNO SALVTIS M. D. C. XXXVII

17.
In oratorio S. Andreae in Laterano.
Sepulcrum cum statua genuflexa.

FRANCISCO ADRIANO
E CAESAREA CEVAE MARCHIONVM PROGENIE
QVEM
ROMA PRIMO VRBANI VIII. PONT. MAX.
INTIMVM CVBICVLARIVM
A SVPPLICIBVS LIBELLIS ET CVBICVLI DEINDE PRAEFECTVM
LVTETIA POST MODVM AD LVDOVICVM TERTIVM DECIMVM
GALLIARVM REGEM
·PACIS CHRISTIANOS INTER PRINCIPES RESTAVRANDAE
NVNCIVM EXTRAORDINARIVM LAETANTER EXCEPIT
PRAELATVM INSVPER DOMESTICVM
AC STATVS APVD EVNDEM PONTIFICEM
ET PRINCIPVM A SECRETIS
DEMVM S. R. E. CARDINALEM CEVAM
SVMMO OMNIVM PLAVSV RENVNCIATVM

RO·

ROMA EADEM SVSPEXIT
HVIVS SACROSAN. LATERAN. BASILICAE OLIM CANONICO
ET MVLTIS DE EADEM NOMINIBVS OPTIME MERITO
CAPITVLVM ET CANONICI ADHVC VIVENTI
AETERNVM AMORIS GRATIQ ANIMI MONVMENTVM
PP.
ANNO IVBILAEI M.DC.L.

18.

Ibidem ;

Sepulcrum cum statua genuflexa ;

D. O. M.
HADRIANO CEVÆ
S. R. E. PRINCIPI CARDINALI
E CÆSAREA ALDERAMNI MONTISFERRATI MARCHIONVM
PROSAPIA ORIVNDO
QVOD PER INGENTES ET DIVTVRNOS LABORES
EGREGIA SVORVM IMITATVS EXEMPLA MAIORVM
THETII BONIFACII ANSELMI NANI CARGILLASCII
IN AVLA TVM ROMANA TVM GALLICA
SVMMORVM PRINCIPVM
VRBANI OCTAVI PONTIFICIS MAXIMI
ET CHRISTIANISSIMI GALLIARVM REGIS LVDOVICI XIIL
IN ADMINISTRATO REI ECCLESIASTICÆ MVNERE
GRATIAM ET LAVDEM SIBI COMPARAVIT
SACRAQVE PVRPVRA CVM OMNIVM PLAVSV DECORATVS
POSTERITATI SVÆ ILLVSTRI CVM FAMA PRÆFVLSERIT
VBERVMQVE EXEMPLORVM MATERIEM IPSI RELIQVERIT
AD QVORVM IMITATIONEM
SIMILIA PONTIFICIÆ BENEFICENTIÆ ORNAMENTA SIBI PRO-
MEREATVR
ÆTERNÆ MEMORIÆ DIGNISSIMO PATRVO
TOTIVS CEVÆ FAMILIÆ NOMINE
FRAN-

FRANCISCVS HADRIANVS VTRIVSQVE SIGNATVRÆ REFEREN-
DARIVS
GRATISSIMVS NEPOS ET HÆRES
IN PERPETVI ARGVMENTVM AMORIS MONVMENTVM HOC
EX TESTAMENTO PONENDVM PRÆSCRIPSIT

19.

S. Bernardi ad Thermas.
In choro, humi.

D. O. M.
IOANNES BONA
PEDEMONTANVS
CONGREG. S. BERNARDI MONACH
ET HVIVS ECCLESIAE
TRANSLATO HVC TITVLO
S. SALVATORIS IN LAVRO
PRIM. PRESB. CARDINALIS
VIVENS SIBI POSVIT
OBIIT ANNO MDCLXXIIII
DIE XXVIII MENSIS OCTOBR.
AETATIS SVAE LXV.

20.

Ibidem.
In monasterio, in pariete.

BIBLIOTHECAM
S. R. E. CARDINALIVM
EX NOSTRA CONGREGATIONE
BONAE ET GABRIELLII
MVNIFICENTIA EXCITATAM
LIBRIS INSTRVCTAM
D   DOMI-

DOMINICVS TIT. S. BERNARDI AD THERMAS
PRESBYTER CARD. PASSIONEVS
NOVARVM AEDIVM ACCESSIONE
EXORNAVIT
ANNO DOM. MDCCXL.

21.

S. Mariae fupra Minervam.

Sepulcrum cum protome aenea.

D. O. M.

CAROLO S. R. E. PRESB. CARD. BONELLO
PII V. PONT. MAX. SORORIS ABNEPOTI
MICHAELIS CARD. BONELLI FRATRIS NEPOTI
ALEXANDRO VII. VRBIS GVBERNATORI
MOX IN DIFFICILLIMIS EVROPAE MOTIBVS
AD PHILIPPVM IV. HISPANIARVM REGEM
NVNTIO AD PACEM PERTRACTANDAM
EXTRA ORDINEM MISSO
POSTEA ORDINARIO CONFIRMATO
DEMVM IN EADEM LEGATIONE
CARDINALI RENVNCIATO
EISDEM EGREGIIS ARTIBVS
QVIBVS PVRPVRAM MERITVS FVERAT
APVD CIVES ET EXTEROS APPRIME CLARO
MICHAEL DVX SALICIS ET ANTONIVS V. S. REF.
FRATRIS FILII
TVMVLO QVEM SIBI VIVVS EXTRVXERAT
MAERENTES INCIDI CVRARVNT
OBIIT AN. SAL. MDCLXXVI. AET. SVAE LXV.

SS. Re-

22.

SS. Regum Magorum.
Humi .

CAROLO THOMÆ MAILLARD DE TOVRNON S. R. E. CARDINALI

AVGVSTÆ TAVRINORVM PRÆCLARO GENERE ORTO

A CLEMENTE XI. P. M.

PRO CHRISTIANA RELIGIONE AD SINARVM IMPERATOREM LE-
GATO

ATQVE OB STRENVAM OPERAM SEDI APLICÆ NAVATAM

IN SACRVM CARDINALIVM ORDINEM ADSCRIPTO

POST ACCEPTVM COLLATÆ DIGNITATIS NVNCIVM

INTER GRAVISSIMAS EXPEDITIONIS ÆRVMNAS

EXIMIA FORTITVDINE SVSCEPTAS AC TOLERATAS

MACAI APVD SINAS VI. IDVS IVNII MDCCX

VITA ET LABORIBVS FVNCTO

CARDINALES PROPAGANDÆ FIDEI REBVS PRÆPOSITI

HIC CONDITO EIVS CORPORE

PER CAROLVM AMBROSIVM MEDIOBARBVM PATRIARCHAM
ALEXANDRINVM

EIVS IN SINENSI LEGATIONE SVCCESSOREM

ROMAM ADVECTO

MONVMENTVM POSVERVNT

ANNO SALVTIS MDCCXXIII

D 2   S. Ma.

23.

S. Mariae supra Minervam.

Humi.

D. O. M.

FR. AVGVSTINO PIPIA NATIONE SARDO ORD. PRÆD.
S. CONG. INDICIS SECRET. TOT. ORD. MAGISTRO GEN.
S. R. E. HVIVS TEMPLI TIT. PRESB. CARD.
ET AVXIMANÆ ECCLESIÆ ANTISTITI
QVI EA DIMISSA ROMÆ OBIIT
XX. FEBR. MDCCXXX. ÆT. SVÆ LXIX.
ET IN PROX. COMMVNI FR. SEPVLCHRO
TVMVLARI VOLVIT
NE TANTI VIRI IN THEOLOGICA SCIA
VERSATISS. RELIGIONE PRVDENTIA
CÆTERISQ. VIRTVTIB. PRÆCLARI
MEMORIA PERIRET
FR. HVIVS CONVENTVS S. DOMINICI
MAIORICEN. & MARTINI
ARBOREN. HÆRED. PP.

24.

S. Hieronymi de Charitate.

In pariete.

TEMPLVM HOC CLARISSIMVM OLIM S. PAVLÆ MATRONÆ ROM.
DOMICILIVM S. HIERONYMI ECCLESIÆ DOCTORIS MAXIMI HO
SPITIVM AC DIVTVRNVM S. PHILIPPI NERII DIVERSORIVM
VNA

VNA CVM ARA MAXIMA IN HONOREM S. DOCTORIS EIVSDEM
ERECTA (SVB QVA PRÆTER SS. PRIMITIVI ET VITALIS
RELIQVIAS EIVS TABVLA INCLVSAS ALIORVM PLVSQVAM
DVCENTORVM ITIDEM MARTYRVM CORPORA REQVIESCVNT
ILLMVS ET RMVS D. CAROLVS ALBERTVS GVIDOBONVS
CAVALCHINI ARCHIEPVS PHILIPPENSIS RITV SOLENNI
CONSECRAVIT III. KAL. OCTOBRIS ANNI MDCCXXXVIII
HVIVS VERO CONSECRATIONIS ANNIVERSARIVM FESTVM CELE
BRARI IN POSTERVM STATVIT DOMINICA TERTIA CVIVSLIBET
MENSIS SEPTEMBRIS QVA DIE XPI FIDELIBVS ILLVD DEVOTE
VISITANTIBVS PRÆTER PLENARIAM QVOTIDIANAM ALIASQVE
PLVRIMAS SVMMORVM PONTIFICVM BENEFICENTIA ATTRIBVTAS
INDVLGENTIAS ALIAM XL. DIERVM IN FORMA ECCLESIÆ
CONSVETA PERPETVO DVRATVRAM CONCESSIT
ARCHICONFRATERNITAS CHARITATIS
NE REI MEMORIA EXCIDERET MONVMENTVM PONI CVRAVIT

25.

S. Mariae Transpontinae.

In capitulo.

BENEDICTO XIV. PONT. MAX.

QVOD

CARMELITARVM ORDINEM PATRONO. VITA DEFVNCTO
TVENDVM IPSE SVSCEPERIT
NEC NISI POST GENERALIA COMITIA ANNI MDCCXXXXIV
IN NOVI PATRONI FIDEM ET TVTELAM COMMISERIT
IO. IACOBVM MILLO DATARIVM
AD CONVENTVS ANTE ET POST COMITIORVM DIEM
SVO NOMINE AGENDOS ALLEGAVERIT
IPSE SE COMITIIS PRÆESSE
MAIESTATE SVA NON ALIENVM ESSE PVTAVERIT
FR. ALOYSIVS LAGHIVS FOROLIVIENSIS DVDVM VICARIVS APO-
STOLICVS
DEINDE ILLIS COMITIIS PRIOR GENERALIS CREATVS
H. M. P. ANNO IVBILÆI MDCCL.

S. Chry-

26.

S. Chryfogoni.

Sepulcrum cum imagine ex anaglypho:

D. O. M.
IOANNI IACOBO MILLO
CASALENSI
EX MARCHIONIBVS ALTARIS
RELIGIONE CANDORE MORVMQVE
INTEGRITATE SPECTABILI
QVI
A BENEDICTO XIV. PONT. MAXIMO
IVDEX SACRARVM COGNITIONVM
MOX DATARIVS
DEMVM S. R. E. PRÆSBYTER CARDINALIS
TIT. S. CHRYSOG. RENVNCIATVS
ET SACRÆ CONGREGATIONIS
PVRPVRATORVM PATRVM TRID. CONC.
INTERPRETVM
PRÆFECTVRA AVCTVS
XIII. KAL. DECEMBRIS ANNO MDCCLVII,
REPENTE OBIIT ÆTAT. SVÆ AN. LXIII.
MARCHIO FRANCISCVS CAROLVS MILLO
PATRVO BENEMERENTI
POSVIT

EPISCOPI

CLASSIS QUARTA.

––––––––––––

I.

S. Auguſtini.

Humi , cum imagine ex anaglypbo .

HIC IACET R. I. X. P. DNꝰ IOHES
DE GILLIACO EPVS QVŌDA VERCELLENSIS COMES AC REFE-
RENDARIVS APPO (ſic)
. . . .
MIGRAVIT A SECLO A. DNI MCCCCLVI. PON. DNI CALIXTI PA-
PE III. A. II.

2.

S. Petri ad Vincula.

Humi , ſepulcrum cum imagine ex anaglypbo ;

IO. AN. EPO . ALERIEN, GNB . DE . BVXIS . PA
TRIA . VIGLEVANEN. XYSTI . IIII. PON. MAX
REF. BYBLIOT. SECRETARIOQVE . VENE
RANDO . SENATVI . AC . TOTI . ECCLIAE
CARO . QVI . FVIT . PIETATE . FIDE . LITTE
RIS . INSIGNIS . DE . PATRIA . PARENTI
BVS . AMICIS . ET . OMNIBVS . BENEMERI
TVS . IACOBVS . FR. GER. PIENTISSIMO
VIX. AN. LVII. M. VI. D. XII. OBIIT
IOBELEI M. CCCCLXXV.
NON. FEBR.

S. Au-

3.

S. Auguftini.

Humi.

D. O. M.

LVD. BRVNO ANTIST. AQVEN
CAESAREI PONTIFICIIQ
IVR CONSVLTISS APVD
OMNES FERE PRINCIPES
QVI CHRISTIANI NOMINIS
CENSENTVR LEGATIONIB
HONORIFICENTISS. FVNCTO
VIX. ANN. LXIII. M. III. D. VII
HENRICVS BRVNVS ARCHIEP.
TAREN. SVMM. PONTT. SACRIQ.
SENAT. A SECRET. AERARII
APOST. PRAEFECTVS AFFINI
PIETATIS ERGO P. P.

M. D. VIII

MAG. COELESTINVS BRVNVS
OR. ER. S. AVG. ASSISTENS ITALIAE
MAIORIBVS OPTIMIS MEMORIAM
HANC TEMP EDACITATE CORROSAM
VT IN CORDE IMPRESSIT
IN MARMORE RESCALPENDAM CVR
A. D. M.DCXLIIIX.

4.

S. Catharinae Funariorum.

Humi.

D. O. M.
BARTHOLOMEO PEPERI

SALV-

SALVTIANO EPISCOPO
MONTIS REGALIS QVI CVM
ANIMO ESSET IN PAVPERES
PROPENSISSIMO SVORV BONO
RVM PARTE HVIVS SODALITII
DOTANDIS VIRGINIBVS
LEGATA ATQVE IN RELIQVVM
EISDEM HEREDIBVS INSTITVTIS
AETATIS SVÆ ANN. LXIIII
FORTITER DIE XVII IVNII
MD . . . . . . SODALES VIRO
. . . . ANIMO
BENEMERENTI POSVERE

§.

SS. Trinitatis in monte Pincio.
Hæmi.

IESV CHRISTO SALVTIS AVCTORI
IVLIO GENTILI PATRITIO TERDONENSI
EPISCOPO VVLTVRARIENSI VTRIVSQ.
SIGNATVRÆ REFERENDARIO
FRANCISCVS GENTILIS NEPOS ET
HERES EX TESTAMENTO PATRVO
DE SE OPTIME MERITO POSVIT
IDEMQ. ANNVVM REDDITVM HVIVS
MONASTERII FRATRIBVS CERTIS
CONDITIONIBVS PVBLICIS
DOCVMENTIS IN ACTIS IACOBI
GERARDI AVDITORIS CAMERÆ NOTARII
SVB DIE X. IVLII MDLXXVI. EXPRESSIS

B   ASS-

ASSIGNAVIT QVO COMMODIVS PER
EOS BIS IN HEBDOMADA SECVNDA
ET QVARTA FERIA RES DIVINA FIAT
ET QVOTANNIS DIE NONA IANVARII
ANNIVERSARIVM VSITATO ECCLESIÆ
MORE PRO IPSIVS EPISCOPI ANIMA
PERPETVO CELEBRETVR
OBIIT ANNVM AGENS SEXAGESIMVM
OCTAVVM NONA IANVARII
MDLXXII.

6.

S. Mariae Puritatis Caudatariorum.
Humi .

D. O. M.
MELCHIORI PELETTÆ
ASTEN CHRYSOPOLITANO
ANTISTITI
HIERONYMI S. R. E.
CARDINALIS
RVSTICVCII VRBIS
VICARII SVFFRAGANEO
ANNO SALVTIS
MDXCVII. ÆTATIS LVIII
VITA FVNCTO
VNIVERSO PATRIMONIO
PIIS DISTRIBVTO

7.

S. Augustini.

In pariete cum imagine depicta.

D. O. M.

IOANNIS . BAPTISTAE . DE . ASTE
ALBIGANENSIS
PIETATE . DOCTRINA . PRVDENTIA . NOBILIS
HIC . OSSA . IACENT
QVEM . RELIGIOSA . D. AVGVSTINI . FAMILIA
VICARIVM . PRIVS . APOSTOLICVM . COLVIT
DEINDE . GENERALEM . ANTISTITEM
INAVDITO . EXEMPLO . VIVA . VOCE . CREAVIT
ET . IN . ITALIA . HISPANIA . LVSITANIA
GALLIAEQVE . PARTE
PRAESENTEM . AC . PROVIDENTEM . VIDIT
TAGASTENSIS . ECCLESIAE . PRAESVLEM
VENERATA . EST
PONTIFICIVM . SACRARIVM
PRAEFECTVM . OPTIMVM . CELEBRAVIT
GREGORIVS . DE . ASTE
FRATREM . AMANTISSIMVM
COLVIT . VIVENTEM . DEPLORAVIT . EXTINCTVM
OBIIT . ROMAE . ANNO . MDCXX
AETATIS . SVAE . LIIII

8.

S. Mariae Transpontem.

Humi.

D. O. M.

HIERONYMO LERIA PATRICIO VERCELLENSI
IOANNIS BAPTISTAE FILIO CAESARIS LERIA
EQVITIS HIEROSOLYMITANI NEPOTI VIRO

E 2   VIR.

PIETATE ET SINGVLARI PRVDENTIA ORNATO
QVI OBIIT DIE X. FEBRVARII A. MDCXXVII.
ET VICTORIÆ DE ROGERIIS ROMANÆ
EX NOBILI ET VETVSTA FAMILIA MATRONÆ
LECTISSIMÆ QVÆ OBIIT XVI. SEPTEMB.
A. MDCXXXVIII. FR. LEONARDVS
ORD. CARMELIT. EPISCOPVS MINORENSIS
BERNARDVS TRIBVNVS MILITVM ET
CATHARINA FRANCISCI DE ALEXANDRIS
NOB. FLORENTINI VXOR PARENTIBVS
PIENTISSIMIS AC OP. MER. SIBI
SVISQVE POSVERVNT

9.
S. Andreae de Valle.
Humi.

D. O. M.
MARCO ANTONIO THOMATO PEDEMONTANO
EPISCOPO BITECTENSI
SACROSANCTÆ LATERANENSIS ECCLESIÆ VICARIO
ET VISITATORI APOSTOLICO
VRBANO VIII. PONT. MAX.
OB PROBITATEM DOCTRINAM RERVMQ. GERENDARVM VSVM
ACCEPTISSIMO
LITIVM IVDICANDARVM PERITIA ET LIBRIS EDITIS
CLARISSIMO
MARCVS ANTONIVS ASTENSIS EPISCOPVS
ET IO. DOM^VS VTRIVSQ. SIGNATVRÆ REFERENDARIVS
ET MAIORIS PRÆSIDENTIÆ ABBREVIATOR
FRATRIS FILII
EADEM PIETATE QVA VIVVM COLVERVNT
NON SINE LACRYMIS PP.
OBIIT ANNO SALVTIS M. DC. LXV
AETATIS LXXVIII

S. Ma-

10.

S. Mariae in Vallicella:

Humi.

D. O. M.

AVGVSTINVS VICTORIVS ABB. RIPA PATRIT. TAVRIN.
SS. MAVRITII ET LAZARI MAGNÆ CRVCIS EQVES COMMENDAT.
VTRIVSQVE SIGNATVRÆ REFERENDARIVS
AB INNOC. XI. POST PLVRA ECCLES.^{CÆ} DITIONIS GVBERNIA
AD VERCELLENSEM INFVLAM EVECTVS
AC INTER EPISCOP. THRONO PONTIF. ASSISTENTES
COOPTATVS
SVAVITATE MORVM INTEGRITATE VITÆ SCIENTIARV̄ LVCE
TOT IN ECCLESIA GRADIBVS HAVD IMPAR
AMICORVM CVLTOR MVNIFICVS
ET PRÆSIDIVM INGENS EGENORVM
QVIBVS
MORIENS OPES SVAS RELIQVIT
FELICIORI CENSV RESVRRECTVRVS
SVOS INTERIM CINERES COMPONI VOLVIT
IVXTA SACELLVM SANCTI PHILIPPI
CVIVS TVTELÆ SE VIVENS ADDIXERAT
OBIIT TERTIO NONAS NOVEMB. MDCXCI.
ÆTATIS SVÆ ANNO LXVI.

11.

S. Andreae de Fractis:

Sepulcrum cum protome.

D. O. M.
IO. DOMINICVS THOMATVS PEDEMONTANVS
EPISCOPVS CYRENENSIS
DIVINI HVMANIQVE IVRIS SCIENTISSIMVS
VARIIS MVNERIBVS A SVMMIS PONT. DECORATVS

ALE.

ALEXANDRO VII. V. S. REFERENDARIVS
INNOCENTIO XI. AD EXERCENDVM
PROCANCELLARII MVNVS ELECTVS
SIGNATVRÆ A SVFFRAGIO PROREGENS
ET AVDITORIS CAMERÆ LOCVMTENENS
INNOCENTIO XII. SAC. CONGREGATIONIS CONCILII
A SECRETIS
ET SAC. INQVISITIONIS CONSVLTOR
CLEMENTE XI. EPISCOPVS ADSISTENS
SIGNATVRÆ GRATIÆ VOTANS
AC SAC. POENITENTIARIÆ SIGILLO PRÆFECTVS
AD TESTANDAM ERGA D.FRANCISCVM DE PAVLA RELIGIONEM
COMMVNÆ CVM EIVSDEM S. INSTITVTO
ADDICTIS RELIGIOSIS VIRIS SEPVLCHRVM
ELEGIT ET OBTINVIT
VIXIT ANNOS LXXV. OBIIT XXIII.
MARTII MDCC.XI.

II.

In oratorio SS. Sudarii.

In ingreſſu in pariete ad dexteram.

VEN. ARCHICONFR. SS. SVDARII ORATORIVM AD DIVI
NAM SINAXIM PERAGENDAM PROPRIO ÆRE A FVNDA
MENTIS VITALES DVM CAPERET AVRAS IOHANNES
DOMINICVS THOMATVS PEDEMONTANVS PIE EXTRVXIT
ABBAS IAM S. MARIÆ IN SYLVA VERCELLEN. AC
LÑS EPISCOPVS CYRENEN. ET ASSISTENS S. OFFICII
CONSVLTOR CONGR. CONCILII SECRET. EPISCOPORVM
EXAMINATOR ET SAC. POENITENTIARIÆ SIGILLO
DECORATVS PERPETVO SINGVLIS HEBDOMADIS BINA

RVM

RVM MISSARVM ADIECTO ONERE IN SVÆ SVORVMQVE
ANIMÆ EXPIATIONEM VT EX PVBLICIS TABVLIS AV
GVSTINI SABBATVCCI NOT. AC ANNO DÑI MDCXCI.
OBIIT AVTEM ANNO SALVTIS MDCCXI. ÆTATIS SVÆ
ANNOR. LXXV. DIE XXIII. MARTII.

13.
S. Laurentii in regione Montium.
In pariete.

ECCLESIAM HANC
ILLMVS ET RMVS D. FREDERICVS GIORDANI
ARCHIEPVS MILITEN
NONIS IVN. MDCCXXVIII
SOLEMNI RITV CONSECRAVIT
ANNIVERSARIA VERO DIEM
VNA CVM INDVLGENTIIS
AD IV. DOMINICAM OCT
TRANSFERRI DECREVIT

14.
S. Chryfogoni.
In pariete.

D. O. M.
FRANCISCVS FRIDERICVS DE IORDANIS CASALEN.
EQVESTRIS ORDINIS S. STEPHANI BAIVLIVVS
ARCHIEPISCOPVS MELITENEN. PROTHONOTARIVS APOSTOLICVS
VTRIVSQVE SIGNATVRÆ REFERENDARIVS
SS. D. N. PAPAE PROELATVS (&c) DOMESTICVS
ET PONTIFICIO SOLIO EPISCOPVS ASSISTENS
QVI
MAGNVS MENTE MAGNALIA CONCEPIT, MAIOR DESIDERIO
PLVS-

PLVSQVAM CONCEPTA DESIDERAVIT, MAXIMVS OPERE
CONCEPTA, ET DESIDERATA AD LAVDEM DEI ANIMARVMQVE
SALVTEM PERFICERE CVRAVIT

HIC

IN PP. CARMELITARVM CONGREG.^{NIS} MANTVÆ
QVOS SVMMO DVM VIXIT AMORE PROSEQVEBATVR SEP VLCHRO
IN VIVIS ELECTO,

REQVIESCIT

VBI DVM DIEM RESVRRECTIONIS EXPECTAT
EIVS NEPOS ET HAERES AMANTISSIMVS CAROLVS BENEDICTVS
TARACHIA DE IORDANIS

GRATI ANIMI

M. P.

VIXIT ANNOS LXXXVI. MENS. VIII.

OBIIT DIE XXX. IVLII

ANNO

MDCCXLI.

ABBATES ET PRAESULES

CLASSIS QUINTA.

1.

S. Laurentii extra muros.

Humi.

ANTONIO . GASPARDONO . DE
CASALI . MONTIS . FERRATI . SACRE . T
HEOLOGIE . MAGISTRO . CELEBRI . HV
IVS . MONASTERII . ABBATI . LAVRENTIV
S . EIVS . GERMANVS . FATVIDVM (*sic*)
CVRAVIT

VIXIT . ANNIS . XL. DIEBVS . II. OBI
IT . ANNO . SALVTIS . XPIANE . M^{O}
CCCCLXVI . DIE . X. ACVSTI . PAV
LO . II. PONTIFICE . MAXI. SIBI . GER
MANO . QVE . SVO . FAVENTE

2.

S. Augustini.

Lapis oblongus, cum imagine ex anaglypho:

. . . . . SPECTABILIS
LECVM DOCTOR D. DAMIANVS DE CAPITANEIS DE NOVARIA
LITTERAR: APLICAα
ABBREVIATOR ET SACRE
PENITENTIARIE SCRIPTOR QVI OBIIT ANNO DOMINI MCCCC
LXXVII. DIE XX. MEN . . . . .

F &. Car—

3.

S. Caeciliae in regione Tranſtyberina.

Humi, ut ſupra.

. . . .

. . . . VS DE VERCELLIS PPOSITVS PRI R̃DO FR. A̅BROSIO DE
VIGLE

VENO MONASTERII VIS F... ORD̃IS HVMILIATOR

. . . . D. M. CCCCLXXVII.

4

S. Honuphrii.

Humi, cum imagine ex anaglypho.

D. O. M.

VASINO . GAMBERIAE . CASALEN. MONTISFER.

INNOCEN. VIII. A . SECRETO . CVBICVL. CARISS.

ALEX. VI. PONT. MAX. QVOQ. PRAESIDIO

SVBDIAC. APLIC. ALIISQVE . RO. CV. MVNERIB. FVNCTO

QVEM . CM. (Gc) A̅I . PROBIT. INGENIO LH̃ISQ.

MAGNAM . DE . SE . SPEM . CONCITA̅SSET

MORS . INTEMPESTA . SVBRIPVIT

BERNARDIN. ANTISTES . CAVALLICEN. PATRVVS

QVUD . AB . EO . EXPECTASSET . MOEST. POSVIT

OBIIT . PRD. ID. MAR. MDI.

VIX. ANN. XXXIII. MEN. II. D. XIX.

S. Me...

5.

S. Mariae de Populo.

In clauftro.

D. O. M.
IO. BAPT. ROTAE PEDEMONT.
OB EIVS ANIMI CANDOREM ET
EXIMIAM IVRIS PRVDENTIAM
A PIO IIII. PONT. MAX. INTER
SACRAE ROTAE PATRES ADNV
MERATO PETRVS ET IOANNES
FRATRI AMANTISS. POSVERVNT
VIXIT ANN. LIII.
OBIIT III. KL. OCT. M. D. LXIIII.

6.

S. Mariae fupra Minervam.

In pariete.

D. O. M.
MICHAELI GHISLERIO SVMMÆ IN
TEGRITATIS AC DOCTRINÆ VIRO
A PIO V. PONT. MAX. INTER FAMILI
ARES INTIMOS RECEPTO GRAVISS.
DE REBVS QVOTIDIE CONSVLTO PA
VLO ANTE OBITVM PROTONOTARIO
APOSTOLICO CREATO TOTIVS CLERI
ET APOSTOLICÆ FAMILIÆ POMPA
ELATO VIXIT AN. LX. OBIIT IV. ID.
AVGVSTI M.D.LXVI.
PIO ET FRANCISCO FILIIS QVOR
ALTER EQVESTRI DIGNITATE INS
IGNITVS STRENVVS IN BELLIS FVIT
AC PRELIO AD ECHINADAS NAVALI

F 2   FOR-

FORTITER IN TVRCAS DIMICANS
VVLNERIBVS ACCEPTIS VICTORIAM
ADIVIT OBIIT ANN. ÆTAT. SVÆ
LIV. PRID. KAL. APRIL. M. D. XCI.
FRANCISCVS VERO IN ROM. CVRIA
ADVOCATVS OPTIMA DE SE ME
RITO EXPECTATIONE CONCITATA
INTER DVO DE TRIGESIMVM ÆTAT.
ANN. EXTINCTVS V. KAL. IVLII
M.D.XC.
PAVLVS GHISLERIVS I. V. D.
PATRI OPTIMO FRATRIBVS
CARISS. SIBI POSTERISQ. POSS.^T

ANNO VERO MDCCXLVI.
MICHAEL GHISLERIVS IVN.
INSTAVRARI CVRAVIT

7.

S. Angeli in Burgo.

Humi, cum imagine ex anaglypbo.

D O M
ANTONIO SALVTIO
CLAVISIANÆ CONDÑO
EX NOBIL MARCHIONV
SALVTIAR FAMILIA OR
TO PROT.^{RIO} APP.^{CO} OB EXI
MIA PROBITATEM
OMNIBVS CARO DEQ
HVIVS TÊPLI SOCIE
TATE BENEMERITO

VIXIT

VIXIT ANNOS LI
OBIIT XVII IANVARII
MDLXX
VINCENTIVS PARPALEA
SERᴹᴵ E (sic) PHILIBERTI
SABAVDIÆ DVCIS
ORATOR
NEPOTI CARᴹᴼ M P

8.

S. Hieronymi de Charitate.

Humi.

BERNARDO CARNILIÆ
DERTONENSI PIO SACER
DOTI PROTONOTARIO
APOSTOLICO PONTIFI
CATV PII V. ET GREGO
RII XIII. MORVM ET EC
CLESIASTICÆ DISCIPLI
NÆ RESTITVTORI
AMICI. AMPLIORA
MERENTI PP
VIXIT ANNOS LIII
OBIIT DIE XXI. SEPTE
MBRIS M.D.LXXVI

9.

S. Aloyfii nationis Gallicanae.

In pariete .

D. O. M.

IVLIO DADDEO A CIVITATE MONTIS REGALIS IN
PEDEMONTIO VTRIVSQ. SIGNATVRÆ S. D. N. PAPE
REFERENDARIO PROTHONOTARIO ET SVBDIACO
APOSTOLICO

VIRO INTEGERRIMO CHRISTIANÆ RELIGIONIS
OBSERVANTISSIMO CHARITATIS AMATORI NATV
RALI IN OMES PROFESIONE MVNIFICENTISSIMO
MORVM SVAVITATE OMNIBVS ACCEPTISSIMO
IN REBVS AGEDIS SPECTANDA DEXTERITATE
MVLTIS VIRTVTVM GENERIBVS PRAECELLENTI
POST MVLTAS PVBLICAS ET PRIVATAS HONORI
FICE GESTAS FVNCTIONES RABIDA FEBRE COR
REPTVS IMMATVRA MORTE PRAEREPTVS EST
AÑO DOMINI MDXCI DIE XIII FEBRVARII
VIXIT AÑOS XLV MENSES VI DIES XV
IOVANNES (&c) DADDEVS NEPOTI CARISSIMO
NON SINE MOERORE POSVIT

I O.

S. Mariae fupra Minervam.

Humi .

D. O. M.

ANDREAE MARTINI DE VTELLIS
EX DD. CASTRI NOVI NICIEN
OB PROBITATEM INTEGRITATEM ET SOLERTIAM
XII. SVMMIS PONT. ET V. ILLVSTRISS. ET REVERENDISS.
DD. CARDD. CAMERARIIS QVIBVS IN GRAVISSIMIS

CAM.

CAM. APOST. NEGOTIIS FIDELITER INSERVIVIT
GRATO ET FIDO FAMILIARI IN SENECTVTE BONA
NON SINE AMICORVM MOERORE VITA FVNCTO
VIXIT ANNOS LXXVIIII. MENSES IX. DIES VIII.
OBIIT VIL IDVS IANVARII MDCI.
LVDOVICVS MARTINI MAIORIS PRAESIDENTIAE ABBREVIATOR
ET IOANNES ANDREAS FRATRES
PATRVO TANQVAM PATRI
MOESTISSIMI POSVERE

I I.
S. Salvatoris in Lauro.
In pariete.

D. O. M.
IOANNI ANDREAE CASTELLANO
EX CARCARIS DICECESIS ALBENSIS
VATICANAE BASILICAE CANONICO
VTRIVSQVE SIGNATVRAE REFERENDARIO
BENEFICENTIA INTEGRITATE IVSTITIA
TER MAXIMO
NATIO PICENA DONATARIA ET HAERES
POSVIT

I I.
S. Gregorii in monte Coelio.
Humi.

D. O. M.
MARIAE MAGDALENAE BAYLAE
CEVAE CONIVGI OPTIMAE
CARISS. ET BENEMERITAE

IOSEPH BAYLA CONCIST.

ET PAVPER. ADVOC.

A MONTE REGALI PEDE

MONTIVM MÆSTISS. POSVIT

OBIIT XII. OCTOBRIS MDCXXVII. ÆTATIS

SVÆ ANNO XXVI.

13.

S. Mariae Transpontem:

In pariete .

HENRICVS SILVIVS ASTENSIS

GENERALIS CARMELITARVM

DISCIPLINÆ REGVLARIS AC LITTERARVM APVD SVOS INSTAV-
RATOR

ORDINEM VNIVERSVM PERLVSTRAVIT REXITQVE

ANNOS NOVEM ET DECEM

A CLEMENTE VIII. INTER THEOLOGOS S.CONGREGATIONIS DE
AVXILIIS

ADLECTVS

A SEDE APOSTOLICA PLVRA IN GRATIAM RELIGIONIS OB-
TINVIT

QVADRAGINTA QVATVOR CONVENTIBVS CARMELVM AVXIT

SACELLVM HOC EXTRVXIT TVMVLANDIS GENERALIBVS

SACRVMQVE QVOTIDIANVM INSTITVIT TVM

PRO MORTVORVM LEVAMINE TVM PRO VIVENTIVM

PROSPERO REGIMINE

TAN-

TANDEM AD INFVLAS EPOREDIENSES ET ORATORIS MVNVS

A SERENISSIMO CAROLO EMANVELE

SABAVDIÆ DVCE NOMINATVS

OBIIT ROMÆ XIIII SEPTEMBRIS MDCXII ÆTATIS SVÆ LVI

ÆTERNÆ VIRI DE ORDINE OPTIME MERITI MEMORIÆ

G. P.

FRATER HIERONYMVS ARI ASTENSIS GENERALIS CARMELITA-
RVM

ANNO DOMINI M.DCLXV.

14.

In oratorio S. Andreae in Laterano.

Sepulcrum cum statua .

D O M

FRANCISCVS HADRIANVS EX MARCHIONIBVS CEVÆ

VTRIVSQVE SIGNATVRÆ SS. D. PAPÆ

REFERENDARIVS ET CONTRADICTARVM AVDITOR ETC.

CVM VT VETVSTISSIMÆ SVÆ FAMILIÆ ILLIBATO CANDORI PER-
PETVVM

DVRATVRO CONSVLERET TOTVM INGENTEM ASSEM HÆREDI-
TARIVM

IN MASCVLVM E FAMILIA MARCHIONVM CEVÆ EX PEDE-
MONTIO

G   A CEL-

A CELSITVDINE CAROLI EMANVELIS IL DVCIS SABAVDIÆ NOMI

NANDVM EX TESTAMENTO TRANSFERENDVM RELIQVERIT SVÆ PIETATIS

ERGA DEIPARAM VIRGINEM ET GRATI SVI ANIMI IN EMINEN

TISSIMVM PATRVVM OSTENSVRVS MONVMENTVM OCTOGINTA

SCVTA PRO SACRO QVOTIDIANO ALIAQVE VIGINTI ANNVATIM

EXCIPIENDA E MVLTIPLICO SECVNDÆ GENITVRÆ PRO MAIORVM

DEFVNCTORVM ANNIVERSARIO PERPETVO ET IN HVIVS ORNATVM

SACELLI SANCTÆ VIRGINI IN FONTE DICATI QVATVOR MILLIA SCVTA SEMEL
DANDA LEGAVIT

COMES CAROLVS OCTAVIVS EX IISDEM MARCHIONIBVS CEVÆ NVCETTI ET

BATTIFOLLI ANNO MDCLXXII A PRÆDICTO CAROLO EMAN PEDEMONTII PRIN

CIPE INVICTISSIMO IN CONCVRSV OMNIVM DE EADEM SVA FAMILIA AD

MVNVS HÆREDITATIS CAPESSENDVM NOMINATVS VT MENTEM PIISSIMI
TESTATORIS IMPLERET

HVIVS VESTIGIA SEQVTVS HORTENTIVS MONASTERIOLI MARCHIO SACRI

ORDINIS MILITARIS S.S. MAVRITII ET LAZZARI MAGNÆ CRVCIS EQVES

ET

ET IN VRBE RECEPTOR AC VISITATOR GERMANVS FRATER ET
HÆRES

IMMATVRA MORTE PRÆVENTVS . PRVDENTIA BVTII MAR-
CHIONISSA CEVA

ALDERAMNI CAIETANI , ET FRANCISCI ADRIANI ; FILIORVM
TVTRIX

OPVS INCHOATVM ABSOLVIT ANNO DOMINI CIƆIƆCLXXXIX.

I ꝰ.
S. Martini in regione Montium .
Humi .

D. O. M.
FR. PAVLVS A S. IGNATIO
OBSERVANTIÆ TAVRINENSIS
CARMELITARVM OLIM LOMBARDIÆ
AC PEDEMONTIS PROVINCIALIS
PROCVRATOR ORDINIS FEL. REC.
INNOC. XL GENERALIS ABSENS
ELECTVS PIETATE DOCTRINA
AC ZELO TOTI ORDINI AMABILIS
RECVSATO EPISCOPATV REGIO
A CAR. II. HISPANIARVM REGE
OBLATO POST ANN. XC. SVMMA
CVM LAVDE EXPLETOS ABIENS
DIE IV. APRILIS MDCCIV
HIC QVIESCIT

16.

SS. Sudarii.

Humi.

D. O. M.

ILLᴹO . RMO . FRANCISCO . ESTENSI . TASSONI
COMITI . PALLAZZOLI . EQVITI . SS. MAVRITII . ET
LAZZARI . SS. SVDARII . PRIMICERIO . ET . BENEFACTORI
ANIMI . GRATITVDINE . CONFRATRES
M. P. MDCCLXII.

SACER-

SACERDOTES, CLERICI, ET VIRI RELIGIOSI.

CLASSIS SEXTA.

I.

S. Blasii in Cantusecuto.

Humi .

D. O. M.
GEORGIO RVBINO TA
VRINATI SOLERTI
INGENIO INSIGNI HV
MANITATE VIRO QVI
DVM CONSILIO OPE
RA RE OMNES IVVAT
GRAVISS. DIVTINOQ
EX IMMODICIS LABORI
BVS MORBO CONFEC
TVS SEXAGENARIVS
DECESSIT
OBIIT XVIII CALEN
IAN. M.D.LXII
GABRIEL ET IOANNES
BAPTISTA BASILICÆ
LATERANEN. SACERDOS
PATRI PP.

2.

S. Johannis in Laterano.

Humi.

D O M
IO. ANGELO DE IOVAELLIS
DIAC. CAPPELLAE S. DNI AC CA
LATERAN OBIIT QVART ID
DECEMB. MDLXIX
LVCIA EX FRATRE NEPT
ET FRANC. AGAGIN. DE
AMENO NOVARIEN
CONIVGES P. C.

3.

Ibidem.

Humi.

D. O. M.
IOANNES BAPTISTA RVBINVS
GEORGII TAVRINATIS FILIVS
CANONICVS LATERANENSIS
ANNV AGENS. QVINQVAGESIMVM
XIII MAII MDLXXXIII
DIEM CLAVSIT EXTREMVM
EXEC EX TEST POS

4.

S. Aloyfii nationis Gallicanae.

Humi.

D. O. M.
FRANCISCVS
DE BENEDICTIS
ALOBROX HVIVS
ECCLIE CVRATVS
OBIIT II, IVLII MDLXXXIV.

5.

S. Auguftini.

Humi.

D. O. M.
VITALI . BLANCO . PRESBYTERO . DE . HORTO . NOVO
LVNEN. SARZANEN. DIOEC. QVI . VIXIT . ANNOS . XLVIII
OBIIT . X. KAL. IVLII . ANNO . M.D.XCII
LELIVS . INVITIATVS . ALEXANDRINVS : ET
RVTILIVS . GALLACINVS : PRESBYTER . ROM.[S]
EX . TEST. EXECVTORES . P.
ORATE . DEVM . PRO . EO

6.

S. Mariae de Populo.

Humi.

SISTE LEGE
VIXI MORTVVS
NIHIL NEC MEIPSVM HABENS
POST OBITVM DIS VIVO

ET

ET SVM TERRA PVLVIS NIHIL
FVIT CAMILLVS ANGELVS
ALCHISIVS CASALENSIS
SED NVNC SVM QVOD FVERA
CONG. D. AVG. OBS. LOMBARDIÆ
PHIL. THOL. (&c) CONCIONATOR
VISIT DIE (&c) SOCIVS GNALIS VIC
AD EXTREMVM
HVIVS CONTVS MODERATOR
.... LIBERE PROPVGNATOR
ET REGVLARIS OBS. ZELATOR
DVM MAIORA PARANTVR
ÆTATIS MEÆ LVI
AN. MDCVIII AVGVSTI XXVIII
FLVXI
NIHIL, NIHIL, ET OMNIA NIHIL

7.
S. Francisci ad Ripam.
In pariete.

DEO TRINO VNI

SEDENTE GREGORIO XV PON. OPT. M.

PRÆ MEMORIA

P. F. BARTHOLOMÆI A SALVTHIO

ORDINIS MIN. OBSER. REFORMAT:

CVIVS CORPVS

OB EXIMIAM VIRI BONITATEM

HOC IN MONVMENTO CONDIDIT

ODOARDVS CARD. FARNESIVS

ANNO SALVTIS MDCXXI

S. Ho-

8.
S. Honuphrii.
Humi.

D. O. M.
IACET HIC IACTVS
ICTVS ARIETE FATI
BARTHOLOMEVS ARIETVS
DE SABAVDIA AB EIVS FILIO
P. COESARE HVIVS COENOBII
VICARIO HOC LAPIDE TECTV
SVIQVE TEGENDI
QVOS FATVM SIC ARIETABIT
VIXIT ANNOS LXXII OBIIT
DIE CXXXXVIIII ANTE
ARIETIS SIGNVM MDCXXII
P. A. MDCLVII

9.
S. Spiritus in Saxia.
In pariete.

D. O. M.
FR. CYRILLVS . ZABALDANVS . ALBEN
PRIORATVS . MONTIS. ROMANI
SVMMI . PONT. AVCTORITATE . FVNDATOR
EVMDEM . EIVSQVE . ANNVOS . PROVENTVS
TEMPLI . HVIVS . SACRAE . VESTI . AC. SVPELLECTILI
IVGITER . INSTAVRANDAE . DICAVIT. ADDIXITQVE
STEPHANO . VAIO . EP. CYRENEN. PRAECEPTORE
ANNVENTE
ANNO . A . PARTV . VIRGINIS . CIƆIƆCXXXVIIII

H S. Aloy-

10.

S. Aloyfii nationis Gallicanae.

Humi.

STEPHANO ARNALDO SABAVDO
HVIVS ECCL ANNOS XL
CAPELLANO
QVI HVIVS CAPELLAE
LAMPADEM
FVNDAVIT IN PERPETVVM
VIXIT ANNOS LXXX
OBIIT PRID CAL AVGVSTI
ANNO MDCXLII
CONGREGATIO S. LVDOVICI
HAERES
P.

11.

S. Mariae Majoris.

Humi.

D. O. M.
IOANNES BAPTISTA
COMES RIPA PEDEMONT
HVIVS SACROSANCTAE
BASILICAE CANONICVS
SIBI VIVENS POSVIT
ANNO MDCXLV

12.

S. Mariae in regione Tranftyberina.
Humi.

D. O. M.

MICHAEL ANGELVS VACCA
ALEXANDRINVS I. V. D.
HVIVS BASILICÆ CANONICVS
APOSTOLICI MEMOR ETFATI
MORTALIVM QVEMLIBET
QVOTIDIE MORI
VIVENS HIC SIBI
SEPVLCHRVM POSVIT
ANNO DOMINI MDCLVI

13.

S. Johannis Florentinorum.
Humi.

D O M

IO. CENA A SERRAVALLE VERCELLAÆ HVIVS
ECCLESIAE CAPELLANVS EMM. DD. CARD
VERALLI GYPSII ROMAE FORISQVE ET
NVNQVAM SATIS LAVDATI EM. D. CARD. IVLII SACCHETTI
PER ANNOS XXIII HVMILIS ET FAMILIARIS SERVVS
PIETATE POSTAEMI SVI DOMINI
ET ILL.MÆ FLORENTINAE NATIONIS HIC
QVIESCIT RESVRRECTIONEM EXPECTANS ET
FIDELIVM PRECIBVS SE COMMENDAT
VIXIT AN. LXV. MENS (&c) DIES (&c) OBIIT
DIE (&c) MDCLXIII
VIVENS POSVIT SIBI SVISQVE HARR
MDCLXIII

14.
S. Mariae in Trivio vulgo Cruciferórum.
Humi.

D. O. M.
IOSEPH THOMATI AMISTA
MONTIS REGALIS PEDEMO. CAN^CVS
PER ANNOS L.
INTEGRITATE AC PVRITATE VIXIT
ET PIETATE OBIIT
ROMAE TERTIO IDVS FEB.
MDCLXXIV.

15.
S. Johannis in Laterano.
Humi.

D. O. M.
IOACHINVS ROTA
DE MONTE REGALI
IN PEDEMONTANO L. V. D.
AC PRIOR ECCLESIAE
S. MARIAE IN ARMETO
OBIIT DIE XXII MARTIS
MDCLXXVI

16.
S. Mariae in regione Tranftyberina.
In pariete.

D. O. M.
IOANNI IACOBO A PONTE DE ASSIA ALBINGANEN DIOEC
HVIVS BASILICAE CANONICO
QVI

QVI VIVENS SEDVLO PRO EA VIGILANS

MORIENS

RELIQVIT OCTO LOCA MONTIVM S. PETRI

QVATVOR PRO FVNERIS SVMPTIBVS

ALIA QVATVOR PRO ANNIVERSARIO IN DIE EIVS OBITVS

AC VNO SACRIFICIO QVOLIBET MENSE IN ALTARI PRIVILE-
GIATO

CELEBRANDO

QVIEVIT IN DOMINO DIE XXVII APRILIS MDCLXXXVIII

CAPITVLVM ET CANONICI EX IPSIVS TESTAMENTO

POSVERE

17.
S. Laurentii in regione Montium.

In pariete.

ÆDEM HANC DIVO LAVRENTIO SACRAM
NVDIS ASSIBVS HVCVSQVE RVSTICE TECTAM ET LONGA
SÆCVLORV VETVSTATE VNDEQVAQ RVINIS PROXIMAM
IVLIVS ANTONIVS DE RABBINIS VECIMENSIS
AQVEN DIÆCESIS (sic) DITIONIS MONFERRATENSIS RECTOR
FORNICE ET NOVIS LVMINIBVS AVCTAM
MARMORATO ARIS ORNATAM AC MVRIS IPSIS RESTITVTAM
NITIDIOREM IN HANC FORMAM REDEGIT
PROPRIO ÆRE ET PIORVM ELEMOSINIS
CHRISTIANÆ SALVTIS ANNO MDCXCIII
ET IN EA VSQVE IN DIEM VNIVERSÆ RETRIBVTIONIS
SVA OSSA DEPOSVIT ANNO (sic) DIE (sic) MENSIS
VIXIT AN. (sic) MENSES (sic) DIES

S.Mor

18.
S. Marci.
In facrarii pariete.

CAROLO ANTONIO GALLI
IN BENNIS DIŒC. MONTIS REGAL.
IN SABAVDIA NATO
CAPPELLANO MARCHESETTO
ET CAPITVLAE PROVENTVVM
DIV EXACTORI
QVI
NE VACVVS FVTVRAM VITAM
INGREDERETVR
APVD HANC BASILICAM
VELVT
APVD ÆTERNITATIS
TELONIVM
LOCA OCTO MONT. CAM.
PROVIDO LEGATO
DEPOSVIT
VOLVITQ. PRO ANIMA SVA
BIS SACRIFICARI IN HEBDOM.
ET ANNIVERS. SING. ANN. IN PERP.
CELEBRARI
VT IN TEST. PER A. ODDI NOT. CAP.
DIE QVA DECESSIT APERTO
IL FEBR. MDCCXXX
VIRO FIDELI ET BENEMERITO
CAP. ET CAN. P. C.

19.

S. Mariae in Cofmedin.

In pariete.

D. O. M.

HIC

VNIVERSÆ RESVRRECTIONIS DIEM

EXPECTANT OSSA

CAROLI DOMINICI FVSCAGLIA

A CILIANO VERCELLEN. DIŒC.

HVIVS BASILICÆ

QVADRAGINTA ANNIS

VICARII PERPETVI MVNERE RELIGIOSE PERFVNCTI

FVNDATIS IN EADEM BASILICA ÆRE PROPRIO

DVOBVS BENEFICIIS PERPETVIS

BREVI MORBO E VIVIS EREPTI

ÆTATIS SVÆ SEPTVAGESIMO TERTIO

DECIMO SEPTIMO KALENDAS APRILIS MDCCXXXVII

IO. DOMINICVS FVSCAGLIA EX FRATRE GERMANO FILIVS

PATRVO ET SINGVLARI SVO BENEFACTORI

MŒRENS POSVIT

20.

S. Mariae de Victoria.

Humi.

D. O. M.

CAROLVS FRANCISCVS GANDVLPHVS LOCI SCAGNELLI

ALBEN. DIŒCESIS

ORIVN-

ORIVNDVS

ANNO REPARATÆ SALVTIS MDCLXIX. SACRO FONTE

XXVI. MARTII

RENATVS

IN PRIMÆVA XVII. ANNORVM ÆTATE AD VRBEM

PERVENTVS IN EAQVE QVAMPLVRIBVS

MVNERIBVS LAVDABILITER

FVNCTVS

IN PVBLICA VNIVERSITATE IVRIS VTRIVSQVE LAVREAM ADE-
PTVS

AD INSIGNEM ECCLESIAM PAROCHIALEM ET COLLEGIATAM

S. MARCI PARITER DE VRBE QVAM PER

TRIGINTA ET VLTRA ANNOS

DILIGENTER GVBERNAVIT

PROMOTVS

VT ERGA SANCTISSIMAM VIRGINEM INTEMERATAMQVE DEI
OPTIMI MATREM

SPECIALEM CVLTVM ET VENERATIONEM QVAM INCVN-
CTANTER

RETINVIT POST · OBITVM QVOQVE PERENNITER PROFITE-
RETVR

ADHVC VIVENS CONSCIVSQVE VERBORVM ECCL. QVOD

IBIT HOMO IN DOMVM ÆTERNITATIS

SVÆ

SEPVL-

SEPVLCHRVM IN HAC ADEO VEN. ET DEVOTA ECCLESIA PRÆ-
LAVDATÆ

VIRGINIS BEATÆ MARIÆ VBI DVDVM CAPPELLANIAM CVM

ONERE MISSÆ QVOTIDIANÆ AD ALTARE MAIVS

PRIVILEGIATVM CELEBRANDÆ FVNDAVERAT

SIBIQVE ELEGIT ATQVE

CONSTITVIT

SIMVLQ. CVM CHRISTO , LICET INDIGNVS CVPIT DISSOLVI
ET ESSE

CITIVS AC IN TERRA VIVENTIVM ESSE

DIVTINVS

ANNO SALVTIFERÆ INCARNATIONIS

D. N. IESV CHRISTI MDCC.

XXXXIII.

ORATE PRO EO

TEMPVS  ET HORA

SEMPER CVRRIT VLLA ABSQ. MORA

21.
S. Sebastiani in Palatino.
Humi.

HIC IACET
FR. ANGELVS DE HIANIS
CALARITAN. EREMIT. CARMELIT
CVSTOS ECCL. S. SEBASTIANI
APVD ARCEM GANDVLFI OBIIT
XIX. NOV. MDCCLIV. ÆT. LXXXI

ORATORES.

CLASSIS SEPTIMA.

I.

S. Mariae Novae.
Humi.

OTHONI CARETANO EX MARCHIONIBVS
SAONAE HVMANI AC DIVINI IVRIS CONSVL
TISS. PRO INVICTISS. FRANC. SFORTIA DVCE
MEDIOLANI AD CALISTVM PIVM ET PAV
LVM ROMANOS PONTIFICES OB SINGV
LAREM FIDEM ET INTEGRITATEM
PERPETVO ORATORI
ODONINVS F. PATRI PIENTISS. POSVIT
MCCCCLXV. DIE XI. IANVARII

2.

S. Mariae Maioris.
Humi.

D. O. M.
BERNARDINO . BARBERIO
PRESB. DVLCEAQVENSI . L. V. P.

I a   PHI-

PHILIP. IV. REG: AD VIRG. ARAM . A . SACRIS

EIVSDEMQ. RERVM . ITALICARVM

ET . IO. AVSTRIACI

NEGOCIORVM . IN . CVRIA . ROM. GEREND. CVM

SVMMA . FIDE . RELIGIONE . MVNIFICENTIA

PIETATIS . ET . PRVDENT. FAMA . AN. XX. FVNCTO

PATRVO B. M. SIBIQ. POSTERISQ. SVIS

MARC. ANT. ET . IO. BAPT. EX . LVD. FRATRE . NEPO

AD. HEC . DEI . GENITRICIS . LIMINA

MORIENTIS . VOTO . MON. PP.

OBIIT . AN. D. M.DC.LXIII. III. CAL. IVLII

ÆTATIS . SVÆ . LXXIV

JURISCONSULTI

CLASSIS OCTAVA.

I.

S. Mariae Lauretanae.
Humi .

D. O. M.

FABRITIO SVMMARIPAE

DOMO LAVDENSI CIVI ROM

PRO SVMMA ERGA DEVM PIETATE

AC RELIGIONE

IN HOMINES FIDE ET INTEGRITATE

SATIS PROBATO

QVI CVM PER ANNOS FERE L

IN FORO ET CVRIA CAPITOLII

CAVSIS SCRIBENDIS AGENDISQVE

RITE VACASSET

SACELLO HOC BEATAE CATHARINAE

VIRGINIS ET MARTYRIS

A SE EXORNATO ET INSTRVCTO

SODALITATE HAEREDE INSTITVTA

AETATE CONFECTVS HVMANIS CESSIT

VIXIT ANNOS LXXXI MENSES II

OBIIT VIII IDVS DECEMBRIS

ANNO A CHRISTO NATO MDCVI

SODALES LAVRETANI

SODALI OPT. AC BENEMER

POSS

f. Mr.

2.

S. Mariae fupra Minervam.

Sepulcrum cum prosome.

DEO OPT. MAX.

HIERONYMO ANETO NOBILI TAVRINENSI

CIVI ROMANO VTRIVSQ. IVRIS DOCTORI

SVMMÆ ERGA DEVM RELIGIONIS

MVLTÆ IN EGENOS PIETATIS

PLVRIMÆ CVM OMNIBVS PROBITATIS

MAXIMÆQVE IN ARDVIS NEGOCIIS ET CAMERÆ VRBIS CON-
SERVATORIO

MVNERE DEXTERITATIS

AVVNCVLO BENEMERITO QVI ANNO SALVTIS MDCVIII SVÆQ
ÆTATIS

DEBITVM NATVRÆ PERSOLVIT

IOANNES BAPTISTA AMETVS DE FAGNANIS NEPOS ET EX TE-
STAMENTO HERES

MONVMENTI CAVSA

3.

S. Mariae in Aquiro:

In pariete.

D. O. M.

B. MARIÆ VIRGINI DEIPARAE SALVTATÆ

HORATIVS FERRARIVS PATRITIVS TERDONENSIS

CIVIS ROMANVS V. I. D.

SACELLVM HOC EXTRVXIT DEDICAVIT ORNAVIT

IBIQ. SEPVLCHRVM SIBI SVAEQ. VXORI

HER-

HERMINIAE SVRDAE VIVENTIBVS CONSTITVIT
ET VT IN EO PRO DEFVNCTIS SACRVM QVOTIDIE FIERET
AC LYCHNVS IBIDEM PERPETVO LVCERET
·· ANNVVM VECTIGAL ADDIXIT
ANNO SALVTIS CIƆIƆCXVII

4.
Ibidem.

D. O. M.

IDEM : HORATIVS . FERRARIVS
PRO . SVA . IN . CHRISTVM . PASSVM
DOLENTEMQ. VIRGINEM . ANIMI . PIETATE
CERTAM . PECVNIAE . SVMMAM . IN . ID . ASSIGNAVIT
VT . AD . ARAM . CRVCIFIXI . SEXTA . QVAQ. FERIA
CONCINATVR . PLANCTVS . STABAT . MATER . DOLOROSA
AC . SEMPER . LYCHNVCVS (ſc) . ARDEAT
ANNO . A . PARTV . VIRGINIS . CIƆIƆCXVII
AETATIS . SVAE . LXVIIII
VIXIT . ANNOS (ſc)

5.
S. Mariae de Populo.
Humi .

D. O. M.
IACOBO FRANCISCO VIGNAE
ASTENSI I. V. D. ET IN ROMANA CVRIA
CAVSARVM PATRONO ERGA
CLIENTES SVOS CLEMENTISSIMO
AC MVNIFICENTISSIMO

CAE-

CAESAR FRANCISCVS VIGNA
EX FRATRE PATRVELE NEPOS
MOESTISSIMVS POSVIT
VIXIT ANNOS SEXAGINTA DVOS
MENSES IIII. DIES VIIII
OBIIT DIE XVII. FEBRVARII
M.DC.XLIV

6.

S. Gregorii in Monte Coelio.
In clauſtri pariete.

D. O. M.

IOANNI BAPTISTAE GOSIO
E MONTE REGALI PROVINCIAE PEDEM.
CIV. ROM. ET CONSERVATOR. DIGNITATVM
QVAS A PRINCIPIBVS RETVLIT
ET VIRTVTVM TITVLIS
QVAS MVLTAS VEXIT IN PROVING. CONSPICVO
VITA APVD OMNES LAVDABILI PERFVNCTO
AN. SAL. M.DC.XXVIII. AET. LXX
EVROPA MILONIA
HAERES EX ASSE CONIVGALI FIDE
ET VIRILI AMORIS
MVNIFICI SIGNIFICATIONE INSTITVTA
IN SINGVLOS DIES MISSA
SVAM ET MARITI ANIMAM
IN HAC ECCLESIA IVVAT
ET HONORIFICO TVMVLO EIVS CINERES
ORNAVIT

STEPHANVS VGOLINVS ROM. CVR. ADVOC.
ET MARCELLVS SANGVINEVS CAVS. PATRON.
EXECVTORES TESTAMENTARII
PETRVS ANT. MILONIVS PRONEPOS
ET HAERES
ET BARTHOLOMOEVS CONSOBRINVS
DEFVNCTAE MOESTISSIMI
EX VOLVNTATE TESTATRICIS POSVERE
ANN. DOM. M.DC.XLIX

7.
S. Francisci ad Ripam.
In pariete cum imagine.

D. O. M.
VLYSSES CALVVS AB VNELIA
I. V. D. PROTHONOTARIVS APOSTOLICVS
IN S. P. A. CAVSARVM PATRONORVM COLLEGIO
ÆTATE DECANVS ET MERITO
HIC MORTI CEDENS
CLER. REG. PAVPER. MATRIS DEI
SCHOLARVM PIARVM
HÆREDIBVS INSTITVTIS
AD PATRIÆ IVVENTVTIS DISCIPLINAM
VT VIVENS ITA MORIENS
OMNIA PIETATI CONCESSIT
CANONICVS D. AVGVSTINVS CVNEVS
EXECVTOR TESTAMENTARIVS
CONCIVIS AMANTISSIMVS
EX HÆREDVM VOTO ET HÆREDITATIS ÆRE
P. C.
ANNO DNI MDCXCIV
VIXIT AN. LXXVI
OBTT XX. DECEMB. MDCXCIII

K   Eli-

8.

Ibidem.
Humi.

D. O. M.
HIC IACEO
QVONDAM IVRIS CONSVLTVS
VLY.SES CALVVS AB VNELIA
NVNC SINE IVRIS OPE
NAM DE PATRONO
ME MORS FACIT ESSE CLIENTEM
PATRONVS CAVSÆ
AH (sic)
QVI LEGIS ESTO MEÆ

9.

S. Augustini.
Humi.

D. O. M.
HIC IACET D. NICOLAVS
PANCAXINVS CIVIS CALARITAN
I. V. D. QVI POST VARIOS CASVS
POST TOT DISCRIMINA RER
POST INDEFESSOS LABORES
SVPERATAS MISERIAS ET
CALAMITATES DVM CREDIT
QVIESCERE . . . . . .
. . . . . .
. . . . . .
. . . . . .
IO. SANNA DECANVS . . . . .
FRAN. DESSY. CANON. CALARIT
EXEQVT. TEST. EAR. CVM . . .
HOC A TESTATORE RELICTO
POSVERVNT

MILITES

CLASSIS NONA.

1.

S. Mariae de Populo.

Humi .

D. O. M.

F. IO. BAPTISTA PISCATOR
NOVARIENSIS EQVES
HIEROSOLIMITANVS
ET GENERE ET REBVS
GESTIS CLARVS ROMÆ
SEPTVAGENARIVS OPERA
HIERONIMI PISCATORIS
NEPOTIS IN HOC
SEPVLCRVM INFERTVR
ANNO DOM. MDLXXV
XVIII FEBRVARII

2.

S. Mariae in Aventino Ordinis Hierofolym.

In pariete .

D. O. M.

F. IO. DOMINICO . BONELLO . MILITI . SACRI
ORD. HIEROSOLYM. CVI . CLASSIARII

K 2   MVNE-

MVNERE . QVINQVENNALI . PRO . RELIG.
PERFVNCTO . PRAEMIVM . NON . VIRTVS . DEFVIT
AETATIS . ET . FORTVNAE . FLOS . DEFLORVIT
VIX. A. XX. M. IV.
F. MICHAEL . BONELLVS . CARD. ALEXANDRINVS
PRIOR . VRBIS . PII . V. PONT. MAX. SORORIS
NEP. PATRVELI . FAC. CVR. ꝏ. D. LXXVI.

3.
S. Mariae in Campo Sancto.
Humi.

D. O. M.
ALEXANDRO RADIO NOBILI TER
TONENSI AEQVITI AVRATO STRE
NVO MILITI AC PRVDETI SIGNI
FERO ET LOCVTENENTI TVRME
EQVITV CVSTODIAE PII V. ET
GREGORII XIII. SVMORVM PON
TIFICV FRATRI OPTIMO LAVRE
TIVS ARCHIDIACONVS TERTO
NENSIS   MERENS   POSVIT
VIXIT ANNOS LII. OBIIT TERTIO
NON. IANVARII ANNO SALVTIS
MDLXXXIII.

4.

S. Auguftini.

Humi.

D. O. M.
MICHAELI DE ASTE
NOBILI ALBINGANENSI
J.V.D. QVI VIXIT ANNIS LV
OBIIT ANNO DOM. MDLXXXVIII
DIE VLTIMA MENSIS MARTII
SELVAGGIVS ET FR.GREGORIVS
EQVES ORDINIS XPI CM
NEPOTES ET HEREDES
POSVERE

5.

S. Mariae de Vialata.

In pariete.

SACELLVM B. VIRGINI A IO. BAPT. DE ASTE
RELICTVM HEREDIS ARBITRIO
EXTRVENDVM
FRANCISCVS BONAVENTVRA DE ASTE
EQVES S. IACOBI VOLVNTATEM OPTIMI
PARENTIS PRO IMPERIO COMPLEXVS
HOC LOCO EXTRVXIT ORNAVITQ. VBI ILLE
PRAECIPVA VENERATIONE HANC DEI
MATRIS EFFIGIEM SEMPER COLVIT

DI-

DIGNVS COMMENDARI IAM DEFVNCTVM
PRECIBVS VIVENTIVM QVI DVM VIXIT
AD DEFVNCTORVM ANIMAS
E PVRGATORIO IGNE LIBERANDAS
CENTENA SINGVLIS MENSIBVS
SACRIFICIA PER PLVRIMOS ANNOS
INDEFESSA PIETATE OFFERRI
DEO VOLVIT

5.
S. Spiritus in Saxia.
In pariete.

D. O. M.

ALEXANDRO GVARNELLO
ROMANO EQVITI
LECTISS. EQVITVM ORDINE SANCTI LAZARI
ET ILLVSTRISS. AVLÆ ALEX. FARNESII CARD.
CVI FVIT A SCRIBENDIS EPISTOLIS
POETAE ETRVSCO
CVM LATINIS VETERIBVS CONFERENDO
OCTAVIVS GVARNELLVS PARENTI OPT. POS.
VIXIT AN. LX
OBIIT VIIL KAL. MAIAS M. D. XCI

7.

S. Mariae de Scala.

Humi.

D. O. M.
MEMORIÆ
FABRITII DE SINIBALDIS
EQVITIS SS. MAVRITII ET
LAZZARI IN SABAVDIA
ANNO MDLXXXXVIII

8.

S. Laurentii extra muros.

Sepulcrum cum protome.

MICHAELI . BONELLO . PII . V. PONT. MAX. EX . SORORE . PRONEPOTI

COPIARVM . S. R. E. CAPITANEO . GENERALI . OB . EGREGIVM IN . IPSO

FLORE . ADOLESCENTIAE . VIRTVTIS . SPECIMEN . NAVALI . PRAELIO

CONTRA . SELINVM . AD . ECHINADAS . EDITVM . MOX

PONTIFICIAE . CLASSIS . PEDITATVI . PRAEPOSITO

EMANVELIS . SABAVDIAE . DVCIS . TRIREMIVM . PRAEFECTO

MILITIAE . SS. MAVRITII . ET . LAZARI . IN . SVBALPINIS

MAGNO . COMMENDATARIO

EQVITI . ORDINIS . SANCTÆ . MARIÆ . ANNVNCIATÆ . VIRO . STRENVO . ET

INTER

INTER . FORTVNÆ . INCREMENTA . ET . TOT . BONORVM

TITVLOS . SVMMAM . HVMANITATIS . ET . MODERATIONIS .
LAVDĒ ASSECVTO

LIVIA . CAPRANICA . CONIVGI . CARISSIMO . MAESTISSIMA .
POSVIT

VIXIT . ANN. LII. MEN. VIII. D. XXIII. OBIIT . IPSO . DEI-
PARAE

ANVNCIATAE . FESTO . DIE . QVĒ ; PRAECIPVA . PIETATE ;
VENERARI . CONSVEVERAT

ANNO . M. DC. IV.

Ibidem .
Humi ;

D O M
OSSA
MICHAELIS . BONELLI
PII . QVINTI
PONTIFICIS . MAXIMI
EX . SORORE
PRONEPOTIS

SS. Trinitatis in Monte Pincio .
Humi .

D O M
DARIO VIRILI EQVITI
S^T LAZARI ET MAVRITII

AG

AC LELIO VIRILI PAVPER
PCVRATORI SABINEN
ET SIGISMVNDÆ PRATÆ
ROM. EIVS VXORI
. . . . ANT^S AC P^S
. . . LANVS VIRILIS
FRATRES PATRVO AC
PARENTIBVS ET
. . . . . LIE PONENDVM
CVRARVNT
. AN. M. DCX

I O.

S. Mariae Magdalenae in Vialata.

Humi.

D. O. M.
MARCO ANTONIO PETRAE
EQVITI SS. MAVRITII ET LAZARI
NOBILI MEDIOLANENSI
ET CIVI ROMANO
PIETATE AC BENEFICENTIA
IN PAVPERES INSIGNI
MONIALES S. MARIAE MAGDALENAE
SECTATRICES
PRAEDIVITIS ASSIS
EX TRIENTE HAEREDES
GRATI ANIMI ERGO
POSVERE
ANNO SALVTIS
CIƆIƆCXIV.

L　　　　　S. Ma-

II.

S. Mariae ad Martyres.

In pariete.

HORATIVS
DE RICCIS DE VOGHERA
EQVES
HIEROSOLOMITANVS
FVNDATOR COLLEGIATÆ
B. MARIE DE PLANCTV
FIERI CVRAVIT HOC BAPTISTERIVM
ANNO DOMINI MDCXXIII

I2.

S. Luciae vulgo della Tinta.

Humi.

D. O. M.
HORATIO RICCIO VOGHERIENSI
EQVITI HIEROSOLYMITANO
COLLECTÆ HVIVS IN DEIPARÆ HONOREM
FVNDATORI
EXIMIORVMQVE PRIVILEGIORVM
INSTAR INSIGNIVM BASILICARVM
IMPETRATORI
ARCHIPRESBYTER ET CANONICI
EX TESTAMENTO
MONVMENTVM POSVERE
ANNO DOMINI MDCCXXVII
VIXIT A. LXVII. M. VII. D. I.
OBYT VIII. ID. AVGVSTI MDCXXIX.

13.

S. Mariae Novae.
In pariete.

D. O. M.

FRANCISCVI CARRETTVS PRESBITER I. V. D. ET IOANNES FRA-
TRES

IMOLEN. AC ROMANI CIVES

TAM PERVETVSTÆ SVÆ FAMILIÆ CARRETTANÆ ORIGINIS

QVAM MORTIS MEMORES

PROPE OTHONIS ET ALIOR. SVOR. OSSA SIBI ET CLEMENTI
ATQ.

CORNELIÆ PIIS PARENTIB. ET

CASSIANO ECCL. IMOL. CANON. CVSTODI FRATRI AMANTISS. AC

HIPPOLITO I. V. D. PROT. APOST. DIVERS. EMINENTISS. PRÆ-
SVLVM VIC.

PATRVO BENEMERITO ET

COMITI IOANNI CARRETTO SERENISS. PRINCIPIS MAVRITII

CARD. A SABAVDIA INTIMO AC STRENVO MILITI

POSTERISQ. SEPVLCHRVM POSVERE AN. SAL. M.DC.XL

14.

S. Mariae in Vialata.
In pariete.

D. O. M.

FRANCISCO , ZOBOLO . REGIEN. MARCH. TABIANI

SS. MAVRITII . ET . LAZARI . IN . SABAVDIA , EQVITI

L 2   PIETA-

PIETATE . PRVDENTIA . ET . FIDE

IN . ARMATOR. PRINCIP. CVSTODIENTIV . PRAEFECTVRA

NEC . IMPARI . ALACRITATE . IN. LONGIORI . BELG. ITINERE

SER. FRANCISCO . NVNC . REGNANTE

VT . IN . BREVIORI . ROM. EM. RAYNALDO . CARD.

P.P. ESTESIBVS . COMITI. AD . IIONESTA . VITAE. IACTVRAM

AEQVE . PROBATO . ET . CHARO . AD . MAIORA . ADHVC .
EXPEDITO

NISI . PRAEPROPERA . MORTE . IMPEDITVS

COELO . MATVRVS . QVADRAGENARIVS . OBIISSET

ANNO . DNI . MDCXLIIII. III. NON. SEPT.

SIGISMVNDVS . FRATER

FRATERNI . DOLORIS . VT . AMORIS

MONVMENTV. SIBI . ET . HAEREDIBVS

P. C.

15.

S. Stephani del Cacco.

Humi .

D.   V.   T.

MVTIO . MVTO . MAIORVM . MEMORIA

CONSPICVO

CAROLI . VALLIS . MVTIAE . DVCIS

APOSTOLI. SEDI . AB . ALLOBROGVM . DVCIBVS

ORATORIS . ELECTI

ET . TRIREMIVM . S. R. E. PREFECTI . GENER. FILIO

IN

IN . SANCTOR. MAVRITII . ET . LAZARI

ORDINEM . COOPTATO

EIVSDEMQ. TRIPONZI . ET . BELMONTIS

PERPETVO . COMMENDATARIO

QVI . OB . SINGVLARIS . CONSTANTIAE . SPECIMEN

PRAECLARAE . GENTIS. SVAE . MVTII . SCEVOLAE

NOBILITATI . RESPONDENS

CVM . HVMANITATEM . EXVERET . IMMORTALITATE

SORTITVS . EST . HVNCQ. LOCVM . SIBI . ELEGIT

OBIIT . DIE . XIII. IVLII MDCXXXXI.

MICHAEL . ANGELVS . MVTVS . ARIGNANI . DVX

ET . MARCHIO . SEPTIMI . TAVRINOR. HAER. TEST.

PATRVO . M. P.

16.

Ibidem .

Humi .

D. O. M.

FLAMINIAE SCARNATAE ROMANAE

EX NOBILIBVS COMITIBVS

PANICI ET BORDINAE BONON.

NEPTI IOANNIS FRANCISCI BORDINI

EPISCOPI GAVALICENSIS

QVEM CLEMENS VIII. PONT. MAX.

CREA-

CREAVIT PROLEGATVM
ET ARCHIEPISCOPVM AVENIONENSEM
HIERONYMVS SCARNATVS
SS. MAVRITII ET LAZARI EQVES
COMMEND. ET RECEPTOR
CONIVGI DILECTISSIMAE AC
VIRTVTVM OMNIVM GENERE ORNATISSIMAE
SIBI POSTERISQ. SVIS
H. M. P.
VIXIT ANNOS XLVIII
OBIIT DIE XX. SEPTEMB. M.D.C.XXXVII
HIC DEMVM EIVSDEM POSITA
HIERONYMI OSSA QVIESCVNT
ÆTATIS TRES ANNOS SVPRA NONAGINTA
NONO CAL. FEB.^R OBDORMIVIT M.D.C.XLVI

17.

SS. XII. Apostolorum.
In clauſtri pariete.

D. O. M.
CAROLO CASALI
FRANCISCI ALLOBROGIS FILIO
CIVI ROMANO
SVB VRBANO VIII
INNOCENTIO X. ET
ALEXANDRO VII. PP. MM.
VARIIS PRAECLARISQ. MILITIAE

MVNERIBVS GLORIOSE PERFVNCTO
ET APVD ALIOS ITALIAE PRINCIPES
IISDEM FIDEI AC VIRTVTIS
EXPERIMENTIS
IN RE BELLICA SPECTATISSIMO
CATAFRACTORVM DVCI
PATRIAE SVISQ. MEMORANDO
FERRARIAE IMMATVRA MORTE
PRAEREPTO
ANNO REDEMPTIONIS NOSTRAE
MDCLIX
AETATIS SVAE XLVII
DIDACVS CASALIS FRATER
ILLACHRYMANS POSVIT

18.

S. Nicolai de Archionibus.

Humi.

D O M

AVGVSTINO MOLINARIO NOB. ALEX
VIRO SVO NOMINE CELEBRI
QVI PRIVS SVB REGE HISP. COPIAR. DVX
VILLAE NOVAE ASTENSIS GVBERNATOR
ATQVE EXERCITVS PROTRIBVNVS
DEINDE SVB APOSTOLICA SEDE
TRIBVNVS MILITVM PATRIMONII
POST MILITIAE PONTIF. IN DALMATIA
CONTRA TVRCAS IMPERATOR

INGE-

INGENIO AC VIRTVTE CLARVS
OMNIVM DEMVM MÆRORE AD SVPEROS
EVOLAVIT ÆTATIS SVÆ AN. LXX.
IX. CAL. MARTII AN. SAL. MDCLXV.
OCTAVIANVS MOLINARIVS
MILITVM DVX EX FRATRE NEPOS
PATRVO CVM LACRIMIS POSVIT

19.

S. Mariae in regione Transtyberina.

In pariete.

D. O. M.

IOANNI PAVLO MOZZIO LAVRETANO

SS. MAVRITII ET LAZARI COMMENDATARIO

VIRO NON MINVS PROBITATE VBIQVE CONSPICVO

QVAM IN AVLA ROMANA PLVRIMIS SERVITIIS PRINCIPVM

FIDE ET DILIGENTIA LAVDABILITER EXPERTO

AETATIS SVAE ANNOS LXXV.

ET ANNAE MARIAE RESTAGNAE ROMANAE

VIRTVTE ET HONESTATE MERITISSIMAE CONIVGI

AETATIS SVAE ANNOR. LXIII.

IN EODEM MENSE NOVEMBRIS ANNI MDCLXXIII

EX HAC MORTALI VITA EREPTIS

CVM XXXXV. ANNOR SPATIO SIMVL IN CARNE VNA VIXERINT

IDEO IN OSSIBVS HIC SEPARARI NOLVERVNT

S. Ma-

20.

S. Mariae Tranfpontinae.

Humi .

D. O. M.

BERNARDO LERIA HIERONYMI F. IOHANNIS BAP.

PATRICII VERCELLENSIS N. FERDINANDO III. IMP.

IN LEGIONE MONTEVERGVICAE COHORTIS DVCTORI

OB EGREGIA MERITA IN AVSTRIACAM DOMVM

A FERDINANDO CAROLO ARCHIDVCE AD HONOREM

LEGIONARIAE PRAEFECTVRAE EVECTO A. MDCLV.

VIRO INTEGRIS MORIBVS SINCERA PIETATE EXORNATO

ET IN ADVERSA FORTVNA CONSTANTISSIMO QVI

OBIIT DIE XV. IVLII ANNI M. DC. LXXVI.

CLARAE BALESTRAE MATRONAE FIRMANAE

VXORI PRVDENTIA CASTIMONIA INSIGNI QVAE

OBIIT DIE X. DECEMBRIS ANNI M. DC. LXV.

VICTORIA LERIA FRANCISCI RICCIOLINI NOBILIS

TVDERTINI I. C. SABELLORVM PRINCIPVM ALBANI

CAVSARVM AVDITORIS VXOR PARENTIBVS

DESIDERATISSIMIS MEMORIAE CAVSA POSVIT.

21.

S. Salvatoris in Lauro.

Romi .

D. O. M.

IACOBO FRANCISCO GARRONO

E LIBVRNO IN MONTEFERRATO

INTER NOBILES VRBINI ADSCRIPTO

QVI

IN PELOPONESIACA ALIISQVE EXPEDITIONIBVS

TERRA MARIQVE

SVB INNOCENTIO XI. ET ALEXANDRO VIII

CONTRA INFIDELES STRENVE DIMICAVIT

AC SVBINDE

INNOCENTIO XII CLEMENTE XI

ET

INNOCENTIO XIII

FELICITER REGNANTE

VARIIS STATIONARIIS MILITVM COPIIS

IN VRBE PRAEFECTVS

NON PLVRA VITAE DISCRIMINA

GLORIOSE SVPERSTES

IN PACE OCCVBVIT

VIII. KAL. FEBR. ANN. SAL. MDCCXXIII

AETAT. SVAE LXV

CAROLVS GVASCVS POSVIT

22.
S. Bernardi ad Thermas.
Hami.

D. O. M.

CAROLO HENRICO

COMITI SANMARTINO

PEDEMONTANO PATRITIO IPOREDIEN.

ARCHITECTVRÆ PICTVRÆ POESIS

CVLTORI EXIMIO

IN ROMANDIOLA ARMORVM PRÆFECTO

IN VRBE ET CONTRA TVRCAS

MILITVM TRIBVNO

INTER VARIA SANCTÆ SEDIS NEGOTIA

LVSTRIS DECEM EMENSIS

XV. KAL. IVLII MDCCXXVI

ABBAS D. CASPAR ANTONIVS PETRINA

AMICO ET AFFINI

MONACHI HVIVS MONASTERII

BENEMERENTI OPT. POSVERE

23.
S. Mariae ad Martyres.
Ad aram majorem, sub Angeli simulacro, sinistrorsum, in gyro basis.

QVÆ SIGNA ANNO MDCXCVI. EQVES BARTHOLOMÆVS TROMATI

AD ARAM D. IOSEPHI DONVM STATVERAT ANNVENTIBVS

CAROLO, ET PETRO FILIIS, ET VNIVERSA D. IOSEPHI

M 2   IO-

SOCIETATE , CANONICI HVC TRANSFERRI CVRARVNT
IN ELEGANTIOREM FORMAM CAPITVLI ÆRE REDACTA
ANNO MDCCXLI.

24

S. Johannis in Aymo.

Humi.

HIC . SITVS . EST
IOANNES . ANTONIVS . BARATTA
PATRITIVS . TAVRINENSIS
EX . COMITIBVS . SAINT' AGNES
GENTIS . SVAE . POSTREMVS
OLIM . DVX . ET . TRIBVNVS . MILITVM
VICTORIO . AMEDEO . SICILIAE . REGE
SABAVDIAE . DVCE
VIR . BELLICA . VIRTVTE . CONSTANTIA . FIDE
MORVM . SEVERITATE . AC . PIETATE
CONSPICVVS
OBIIT . ROMAE . V. IDVS . DECEMBR. ANNO . MDCCIL.
AETATIS . LXXX.
LEGAVITQVE . PRO . ANIMAE . REMEDIO
IN . EGENORVM . SVBSIDIVM
REM . OMNEM . FAMILIAREM
ORATE . PRO . EO
IACOBVS . VICTORIVS . SS. BASIL. VATIC. CANONICVS
SACELLI . PONTIFICII . DIACONVS
EQVES .

EQVES . ORDINIS . SANCTI . STEPHANI . PP. ET . MART.
HERES . FIDVCIARIVS
MEMORIAE . CAVSSA . POSVIT

25.

S. Mariae fupra Minervam.
Humi .

D. O. M.
DECIVS SENZASONO DE NVRSIA
PATRITIVS FVLGINAS
EQVES SS. MAVRITII ET LAZZARI
HIC TVMVLARI MANDAVIT
OBIIT ANNO IVBILEI MDCCL.
DIE XX. SEPTEMBRIS
ETATIS SVE ANNORVM LXXXIII.

26.

In ecclefia B. M. V. Conceptionis Capuccinorum.
Humi .

D. O. M.

ALEXANDRO FELICI GVIDOBONO CAVALCHINI

DERTONENSI S. R. I. BARONI QVI APVD COMITEM

PALATINVM RHENI DOMI MILITIAEQVE NOBILIS

PRIMVS A CVBICVLO CVM ESSET , VNIVERSIQVE

PEDITATVS DVCTOR, MANHEIMY PRAEFECTVS , ET

BELLICI CONSILII PRESES EXACTA MILITARI ETATE

OM-

ONNIA POSTHABVIT , RELIQVAM IN VRBE VT

AGENS SIBI INTENTIVS PIETATEM COLERET

CAROLVS ALBERTVS S. R. E. CARDINALIS EPI. OST. ET VELIT.

S. COLLEGII DECANVS ORDINIS CAPVCCINORVM PATRONVS

FRATRI OPTIMO, ET BENEMERENTI

VIXIT ANN. LXXVI. M. V. D. IX.

OBIIT III. NON. IVL. ANNO MDCCLXV.

ELATVSQVE EST VESTE INDVTVS CAPVCCINORVM

IVSSV SVO

OFFICIA DOMUS PON-
TIFICIÆ, ATQUE
PRINCIPUM

CLASSIS DECIMA.

I.
S. Mariae de Populo.
Humi.

STEPHANO BONI...
NOVARIEN. COM. PAL. R.
D. CAR. PARMEN
MENSAE . . . . . .
V. A. L. M. V. D. XXV
IVL. MCCCCXLVII

2.
S. Petri in Vinculis.
Humi.

IACOBO BVXIO VIGLEVEÑ
ERVDITIÕIS STVDIIS EMI
NENTISS. SISTI (&c) IIII. PONT.
MAX. FAMILIARI IO. AND.
EPI. NVPER ALERIEÑ FÃ

QVI

QVI VIX. ANN. XLV. M. II
D. X. GIRARDVS BVXIVS
FRATRI CARISS. POSVIT
OBIIT ANN. DNI MCCCCLXXVI
DIE VI. AVGVSTI

3.

SS. Trinitatis in Monte Pincio.

Humi.

D O M
IO ALIMENTO DE NIGRIS
NOVARIEN PAVLI A CAR
RETO CADVRCORVM PRAE
SVLI A SECRETIS AC IOAN
NIS FINARII MARCHIONIS
FRATRIS ALVMNO FIDE
MORVM INTEGRITATE ICE
NIOQ. MIRVM IN MODV
PERSPICACI QVI DVM ANN
CIRCITER L. AGERET MORTE
PREVENTVS
OCCVBVIT
MDI
IDIB. DECEMB.

4.

S. Auguſtini.

In pariete cum protome.

D. O. M.
EMANVELI BALBO SCRIPT.^O APLI
COMITI PALATINO ASTEN.PATRICIO
MORV̄ FACILITATE AC VIRTVTIBVS
APVD OMNES GRATIOSO
IOVANES (&c) BATISTA CESARII (&c) PONTIFICI
Q. IVRIS DOCTOR FRATRI BENEME
RENTI POSVIT AÑO M.D.XV
XXIII. APRILIS VIXIT AN. LVI.

5.

S. Mariae in Campo Sancto.
Humi.

D. O. M.
IOANNI MARTINO DE AGAZINIS
NOVARIEN FISCI APLCI FIDELI
TABELARIO ALEXAN ET CAESAR
FILII AMENTISSIMI (&c) ET MARIA VXO
BENE MERITO POSVERVNT QVI V
IX AN. LXIII. M. VI. D. X. OBIIT DIE
XVI. DECEMB. ANN. DNI MDXX

6.

S. Auguſtini.

Humi.

D. O. M.
FRANCISCO SOLARIO CO . . NI ET
SČI MARTINI DÑO APLICO PRO
THON. REGRI SVPPLI . . . O C . .
. . CO . CA . , . ASTEN. DIGNISSIMO
EX NOBILI M . . . . . AO
. . . . VT . . . .
PA . . . PRORI . . . OMNIBVS
VIRTVTIBVS ASSIDVIS OPERIBV
SQ . . . CORD . , . DECORATO
VIXIT AN. LV. OBIIT XXV
AVGVSTI M.D.XXIII
CAROLVS FR. EIDEM
BENEMERENTI ET OB FRATERNAM
DILECTIONEM INSTITVIT

7.

S. Laurentii in Damaſo.

Humi.

DEO
HELISAB. BVRSANAE . INSVBRI
IN . QVA . FORTVNAE . BONA
MERITO . CVM . FORTVNA
CERTABANT

GENES.

GENES . BVLTET . MEDIOMATRIX
PONTT. MAXX. PHONASC
CVBICVLAR. ARCH
SCRIPTOR
CONIVGI PERPETVI AMORIS
MEMORIAE
· ERGO
P
XVII. KL. FEBR. M.D.XXXVII

8.

S. Mariae fupra Minervam.

Humi.

D. O. M.

PHILIPPVS BESSONVS

SABAVDVS SCVTIFER

APLICVS ET ROTE

APOSTOLICE NOTARIVS .

OBDORMIT HIC BEATAM

SPEM EXPECTANS

· IVLIA BEVILACQVA CONIVX

ET LVDOVICVS PVER GNATVS

. VNICVS ~~PIO CONIVGI~~ ET ·

GENITORI MERENTES POSVERE

VIX. AN. LI. ET OBIIT ANNO SALVTIS

M.D.LIII. DIE XXV. SEPTEMBRIS

9.
S. Mariae in Campo Sancto.
Humi.

MAGDALENE SALVAGE
PEDEMONT. QVE VIXIT
AN. LVI. OBIIT DIE XVI
NOVEMB. MDLVI. NICOLAVS
GRAMONIVS NOVARIEN
SCVT. AP. VIR MOESTISS
BENE MOERENTI SIBI
POSTERISQ. SVIS POSVIT

10.
S. Mariae de Aracoeli.
Humi.

D O M
GIORGIO PALLEANO CIVI
CASALEN. DVCIS ORATII
FARNESII A SECRETIS VIRO
- OMNI VIRTVTVM GENERE
CVMVLATO
FLAMINIA MARGANA
EXECVTRIX TESTAMENTI
POSVIT VIXI ANNOS
LX OBIIT. XXIX
DECEMBRIS. M. D. LVI

II.

S. Mariae de Populo.

In clauftro, fepulcrum cum protome.

D. O. M.

CHRISTOPHARO . IOANNIS . ASTERSI . PROTH . APCŌ

QVI . CVM . VITÆ . PROBITATE . AC . FIDE . MORVMQ

SVAVITATE . OMNES . IN . SVI . AMOREM . ACCENDISSET

TVM . APVD . MAXX. PONTT. LONGA . SERIE . A . PAVLO

III. VSQ. AD . PIVM IIII. FAMILIARITER . ET . HONORI

FICE . VERSATVS . SABAVDIENSIVM . MONTISQ. FER

RATI . REGVLOS . CONTINVIS . OBSEQVIIS . PROSECV

TVS . FVERIT . VTI . VBIQ. SVMMA . SEMPER . OMNIVM

BENEVOLENTIA . VIXIT . ITA . EORVMDEM . PARI . DESI

DERIO . ROMÆ . SENEX . SVPRA . OCTVAGESIMVM

II . OBIIT

ALOYSIVS . PROVANA . DE . CARIGNANO . HERES . EX

TESTAMENTO . MÆSTISS. POSVIT . M. D. LXV.

II.

S. Mariae de Campo Sancto.

Humi .

D. O. M.
IOVANES (ſic) BATISTA
BOGO NOVARENSIS

                                            MA-

MACIERE DE
PAVLVS PAPE III
ET VISSE SINE AD
PIVS V MDLXVI

13.

S. Petri in Monte Aureo.

Humi.

D. O. M.
IVLIO . POGIANO . NOVARIEN.
HONESTIS . MORIB
INGENIO . ET . ELOQVENTIA
PRAESTANTI
PONTIFICVM . MAXX
PIORVM ĪĪĪĪ. ET V
AB EPISTOLIS LATINIS
IO. ANTONIVS. ET. BARTHOLOMÆVS
FRATRI . CARISS. FECERVNT
VIXIT . A. XLVI. M. I. D. XXIII
DECESSIT . NON. NOVEMB. S. (ſic) D. LXVIII

14.

Ibidem.

Humi.

D O M
AMADEO STOPERIO A
MONTEREGALI PII V
PAPAE SANCTISS SVB
CVBICVLARIO A CERVO

CI.

CICVRE DVM AMATAM
CERVAM IN SEQVITVR IN
VIVARIO PALATINO INTE
REMPTO NICOLAVS STOP
AB EODEM PIO HONO
RIB. ET MVNERIB. AVCTVS
FRATRI OB MORVM SVA
VITATEM OMNIB. GRATO
P. ANNO AB ORBE REDEM
PTO MDLXX. MENSE
IAN. VIXIT ANN. XXVIII
ET IN NOVISS. DIE DE
TERRA RESVRRECTV
RVS SVM

15.

SS. Trinitatis in Monte Pincio.
Humi .

D O M

M. ANTONII GAETI DE GHERIO AGR
TAVRINEN. OLIM SVMMI PONT. PII
V. FAMILIARIS SEPVLCHRVM RELI
GIOSI HVIVS BASILICÆ POST FVNV
EXPLETVM RE ANIMI EIVS SENTEN
TIA TABVLA DEMVM CLAVSERE
VBERTO FONTANA AC IO. PAVLO
MAYNO PROCVRANTIBVS QVORVM

HÆC

PRAESTANTI QVI VIXIT
AN. L. OBIIT PRIDIE
KAL. OCTOB. MDLXX.
VICTORIA VALLETTA
R. CONIVGI CARISS. MVL
TIS CVM LACRIMIS
P.

17.
S. Mariae supra Minervam.
Humi.

D. O. M.
MATTHAEO ANNIBALDO
LVDOVICI F. VALENT. INSVBRI
I. C. ACVTISS. CAVSSAR. PATRONO
ACERRIMO SOLLERTIQ.
OB MIRAM MORVM PRAESTANTIAM
SVMMAMQ. IN REBVS AGENDIS
DEXTERITATEM
ARCHANG. BLANCO CARD
THEANEN. EGREGIE CARO
MAXIMISQ. ONERIB. ET HONORIB
APVD EVMDEM FVNCTO
QVI DVM ALIORVM COMMODIS
PLVS NIMIO GAVDENS PARVM SIBI
VALETVDINIQ. CAVET ANNVM
AGENS XLI. REPENTI MORBO
DECVBVIT ET OCCVBVIT
LAETVS QVOD LAETAS IN PIORVM
SEDES ABIRET X. KAL. APRIL.
M. D. LXXIII.

O

VIN-

VINCENTIVS I. C. ET IAC. BERNARD.
FRATRI B. D. S. M. FECERVNT

BEATI MORTVI QVI IN DOMINO
MORIVNTVR

18.

S. Mariae de Populo.
In claustri pariete.

D Ó M
. ALOYSIO PROVANA E DOMO
CARINIANO NATIONE
SVBALPINO CIVI ROMANO
A CVBICVLO PII IIII. P. M.
VIRO PIO NOBILI PROBO
INDVSTRIO CHRISTOPHO[S]
M. ANT.[S] ET FRAN. PATRI
HIERONYMA CONIVGI
GEORGIVS FRATRI FEC
VIX. ANNIS XLIX
OBIIT DIE XXIIX. OCTOB
MDLXXIV

19.

S. Gregorii in clivo Scauri.
Humi.

D. O. M.
BERNARDO TETTIO BVG
ILLANO VERCELLEN DIOEC
FEL RE PAVLI ET IVLII III

MAR.

MARCELLI II PAVLI ET PII IIII
PII V ET S. D. N. GREG. XIII
ARMORVM SERVIENTIS
MAIORIS RIPAE
PRAES ET PORTIONAR
OFF LAVDABILITER
FVNCTO
THOMAS ET IO
TETII NEPO
HEREDES PA
POSVERE OB
MDLXXXII
XXVIII ET M

20.

S. Mariae in Vallicella.
Humi.

D. T. O. M.
BERNARDINO . CASTELLANO . GREG. XV. P. O. M.
INTIMO . CVBICVLARIO . AC . MEDICO
OB . EXACTAM . IN CVRANDIS . ÆGRIS . SOLERTIAM . AC . IN
SINGVLOS . NOTAM . PIETATEM
PRINCIPI . AC . OMNIBVS . ORDINIBVS . CHARO
IO. ANDREAS . CASTELLIANVS (sic) VTR. SIG. REF. FRATRI
CVM . QVO . SEMPER . CONCORDISSIME . VIXIT
SIBI . AC . POSTERIS . MOERENS . P.
OBIIT . DIE . XVII. APR. ANN. DNI . MDCXXIII
ÆTATIS . SVÆ . LXIII

O 2   St.Cof-

21.

SS. Cosmae & Damiani in Foro Boario.
In cryptis , in pariete .

D. O. M.

BARTHOLOMEVS SEVA NICIENSIS SCRIPTOR APOSTOLICOR. DE-
CANVS NON

MINVS SPIRANS QVAM EXPIRANS SVÆ SALVTIS MEMOR POST

OBITVM INSTITVTÆ HÆREDIS CVIVS INTERIM CONIVGALI
AMORE

FRETVS ADMOD. R. R. P. P. HVIVS ECCLESIÆ SCVTA MILLE.
IN. TOT

LOCIS MONTIVM VRSINOR TERTIÆ ERECTIONIS LEGAVIT HAC
TAMEN

LEGE VT SVPER ALTARE PRIVILEGIATO MISSAM QVOTIDIA-
NAM DEFVN

CTOR ET ANNIVERSARIVM SOLEMNE IN SVÆ IPSIVS ANIMÆ
SVFFRA

GIVM IMPERPETVVM CELEBRENT. CELEBRARIQ. CVRENT
QVIBVS

HVIVSMODI LEGATVM RECVSANTIBVS INIVNCTVMVE ONVS
ADIMPL

ERE NEGLIGENTIBVS AD HOSPITALE INFIRMORVM B. V. M.
CONSOLAT

IONIS HOSPITALE CONVALESCENTIVM . SS. TRINITATIS AD
PONTEM

IIX.

SIXTVM ET AD MONASTERIVM B. M. V. DE PACE VRBIS QVO-
RVM

ALTERO DEFICIENTE VNI POST ALTERVM SVCCESSIVE EODEM
MODO

ET FORMA IPSO IVRE DEVOLVATVR ET VT LATIVS CON-
STAT EX

TESTAMENTO ROGATO PER D. ALEX. PALLADIVM CVR. CAP.
NOTV̄M

DIE V. MAR. MDCXXVI

D. FRANCISCA TAVRELLA VIVI NEDVM AT MORTVI QVO-
QVE CONIV

GIS MANDATIS OBSEQVIVM PRÆSTANS ANTE PREFIXVM TEM-
PVS

LAPIDEM HVNC INSERENDVM CVRAVIT

22.
S. Mariae de Victoria.
Humi :

D. O. M.
ANGELO LVCATELLO DE MODIO
MEDIOLANEN. CANONICO TORTONEN
SIXTI V. P. M. FAMILIARI
VIRO OMNI DOCTRINÆ GENERE
PRÆSTANTI
HVIVS ECCLIÆ BENEMERITO
CBIIT VIII. IDVS OCTOBRIS ANNO
MDCXXVI

23.
S. Sabinae.
Humi.

D. O. M.

IOANNI BONÆ ASTENSI

VIRO NOBILI

QVI CVM PER ANNOS XXV

HIERONYMO BERNERIO ORD. PRÆD

S. R. E. EPISC. CARD. PORTVENSI

ASCVLANO NVNCVPATO PRÆSVLI

VIRTVTVM OMNIVM LAVDIBVS

CVMVLATISSIMO DEQ. CHRISTIANA REP.

EGREGIE MERITO

A CVBICVLO FVISSET

EO DEINDE EX HVMANIS EREPTO

INQ. HOC SACELLO CONDITO

SEPVLCHRVM HIC SIBI LOCARI IVSSIT

VT QVEM SINGVLARI OBSERVANTIA

FIDE AFFECTV

PROSECVTVS FVERAT VIVENTEM

AB EO POST OBITVM NON DIVELLERET

OBIIT XXVII. IVNII

VIXIT A LXVI

MEN X DIES VII

MDCXXX

24.

S. Caroli de Vialata.

Humi.

D. O. M.
IVLIO . CÆSARI . FERRERIO
E . NITIA . MONTIS . FERRATI
OLIM . F. R. PAVLI . PP. V. GREG. XV. VRBANI . VIII
AC , DEMVM . S. D. N. INNOCENTII . PP. X
FAMILIARI
HVIVS . SAC. ÆDIS . BENEMERITO
VINCENTIVS . ROSEVS . HERES . HONORARIVS
AMICO . ET . CONCIVI . OPTIMO
SEP. POSVIT . ET . SIBI . OBIIT . ILLE
ANNNO . IVBILEI . MDCL. VII. ID. IVLII
ÆTATIS . ANNO . LXXVII

25.

S. Caroli Catinariorum.

Humi.

D. O. M.
COMITI OCTAVIO TORNIELLO
QVI EX PATRIO NOVARIAE LARE
AD COMMVNEM PATRIAM TRANSLATVS

RO-

ROMAE BONO IN LVMINE

MVLTIS VIRTVTIBVS CLARVIT

A CARD. SCIP. BVRGHESIO

PAVLI V NEPOTE EXCEPTVS

INTER FASTVS REGNANTIS PONTIFICIS

DIV VERSATVS D. PETRI BASILICAE

CANONICVS CREATVS EST

OPTIME DE HOC COLLEGIO MERITO

PATRES HOC MON POS

AB AN. IVB MDCL

AET. SVAE LXIII

26.

S. Symeonis Prophetae.
Humi.

D. O. M.

IOANNES CAPVA DE ROVATTO DIŒC ASTEN

POST ANN. LXXIX ÆTATIS

ET XXXXIX SERVITVTIS

CLARÆ MEM. CARDINALI

HORATIO LANCELLOTTO

HVIVS ECCLESIÆ RESTAVRATORI

ET RELIQVÆ EIVS ILLMÆ FAMILIÆ

FIDELITER PRÆSTITÆ

RELICTIS EIDEM ECCLESIÆ

DVOBVS LOCIS MONTIS FLORI

PRO SACRIS PERPETVO CELEBRANDIS

HIC SIBI VIVENS POSVIT MONVMENTVM

ANNO D. MDCLXII

27.

SS. Celſi & Juliani .

Sepulcrum cum protome .

D O M

IOANNI BISSAICHÆ A CREPACORIO VERCELLENSI

CVIVS EXIMIA

VITÆ PROBITAS MORVM HONESTAS. DOCTRINÆQVE PRÆ.
STANTIA

SVMMIS PONTIFICIBVS

ALEX. VII. CLEMENTI IX. ET X. AC ALEXANDRO VIII.

INTIMVM PROBATÆ FIDEI CAPPELLANVM

SECRETOQVE SEDIS APOST. ARCHIVIO

PRÆFECTVM INTEGERRIMVM

PRÆBVERVNT

P   CARO-

CAROLVS DISSAIGHA FRATER ET EX TESTAMENTO HÆRES

QVIA IN HAC ECCLESIA ILLE

ANNIS SEPTEM SVPRA VIGINTI CANONICVS EXTITIT

LICET IN DIVÆ SVSANNÆ TEMPLO

EIVS OSSA RESVRRECTIONEM EXPECTENT

NON SINE LACRYMIS EXTRVCTVM

MARMOREVM POSVIT MONVMENTVM

OBIIT VIII. IDVS OCTOBRIS A. D. MDCXCI

AETATIS SVÆ ANN. LXXXII.

28.

S. Nicolai, & Blafii de Calcarariis.

Humi.

D. O. M.

IOSEPHO IGNATIO CORDERO

EX COMITIBVS PAMPARATI ET ROBVRETI

MONTE REGALI IN SVBALPINIS ORTO

QVEM CLEMENS XI. PONTIFEX MAXIMVS

PATRIARCHÆ POSTEA CARDINALIS DE TOVRNON

APOSTOLICI AD SINARVM IMPERIVM LEGATI

ITINERIS AC LABORVM SOCIVM DIXIT

POST NAVATAM IN EADEM LEGATIONE

INVICTA ANIMI FORTITVDINE

PRO

PRO CHRISTIANA ET CATHOLICA RELIGIONE

- SEDVLAM STRENVAMQVE OPERAM

A CLEMENTE XII. SVMMO PONTIFICE

INTER AVLÆ PONTIFICIÆ PRÆLATOS ALLECTO

A. D. MDCCXXXX VITA FVNCTO

ÆTATIS SVÆ LXXV. COMES FELIX CORDERVS

FRATRIS FILIVS ET HÆRES P. C.

A. D. MDCCXXXXI

29.

SS. Quirici, & Julittae.

Humi.

D. O. M.

ILL.^MI AC R^MI D. D. IOSEPHI PHILIPPI SALA

PATRITII CASALIS MONTISFERRATI

SAC. THEOL. AC L. V. D.

CONGREG. ORAT. S. PHILIPPI NERII IN PATRIA ALVM

AC

S. INQVISITIONIS CONSVLTORIS

EMPORII IN ÆTRVRIA PRÆPOSITI MERITIS

SVMMORVMQVE TRIVM PONTIFICVM

BENED. XIII. CLEMENTIS XII. AC BENED. XIV.

AB HONORIS CVBICVLO

P.   ANTE

ANTE HANC ARAM

QVAM VIVENS IN VOTIS HABVIT

MORIENSQVE HÆREDEM INSTITVIT

SACRO SVPER EAM QVOTIDIE PERACTO

OSSA REQVIESCVNT

VIXIT AN. LXXIX. MENSES VII. DIES VIII.

OB. VI. ID. FEBR. CIƆIƆCCXXXXIII.

FF. ORD. PRÆD. HVIVS PAROCH. ECCLÆ RECTORES

AC EIVS PIÆ VOLVNTATIS EX TABVLIS EXEQVVTORES

G. A. E. P. C.

ME-

MEDICI

CLASSIS UNDECIMA.

1.

SS. Trinitatis in Monte Pincio.
Humi.

D. O. M.

FRAN.ᶜᵒ OGERIO

TAVRINENSI ARTIVM

MEDICINÆ ET

CHIRVRGIÆ DOCTORI

VIXIT AN SVPRA L

OBIIT XXVIII SEPT

M.D.XCIII

GRIDONIA BELCARIA

RO. MARITO SVO ET

SIBI APPONI IVSSIT

2.

SS. Sudarii.
Humi.

D. O. M.

PHILIBERTO BOCCO TAVRINEN. I. V. D. SALVTIOLÆ COMITI

IO.

IO. ANT. SER.^{MI} SABANDIÆ (&c) DVCIS PROTOMEDICI

AC CONSILIARII FILIO

QVI LEGES MORIBVS LEGIBVS PIETATEM EXCOLVIT

EXCITAM (&c) POPVLI SVI SODALITATEM

EXEMPLO AVXIT ET NVMERO

DILECTI CELEBRITATEM LOCI BENEFICENTIA PROVOCAVIT

VIDIT ET GAVISVS IN DOMINO

REQVIEVIT

SODALES SEPVLCRO DEPOSITVM QVOD ILLATVM EST PRIMVM

MEMORIAM TITVLO OBSIGNARVNT

OPTIME MERITO

VIX. ANN. XXXX. OB. XXIIII. APRILIS M.DC.VL

3.

S. Mariae de Planctu.

Humi.

D. V. T.

IN SECANDIS DEFVNCTIS

ARTE ANOTHOMICA PERITVS

IN MEDENDIS VIVENTIBVS

SINGVLARI EXEMPLO ERVDITVS

BLASIVS BLENGINVS PEDEMONTANVS

CHIRVRGVS Γ VRBE

ECCLE-

ECCLESIASTICIS SINGVLARIBVSQ. (&c)

PRINCIPIBVS CARVS

CLEMENTI NONO SVMMO PONTIFICI

SERVIENS NIL NISI QVOD LICEAT OPTANS

E SCHELETRORVM NECESSITVDINE

ALIORV̄ EDOCTVS SVI SVORVMQVE

SCHELETRORVM DEPOSITA VIVENS

SACRA HAC IN ACADEMIA

VERMIBVS OBIECTA SVDIECIT

ANNO DOMINI M.DCLXXIX.

Circum Stemma.

NIL NISI QVOD LICEAT OPTANS

4

S. Nicolai de Archionibus.

Humi.

D. O. M.

SERAPHINÆ MEOTTI

GASPAR IOSEPH RASETTI

DOCT. PHIS. TAVRINEN. VXORI

QVÆ SVI ÆQVÉ AC SVORVM MEMOR

QVOTIDIANO SACRO FACIVNDO

PRO IPSIVS EORVMQVE

EXPIATIONE ANIMARVM

SCV-

SCVTORVM BIS MILLE

FVNDO CONSTITVTO

VT PER ACTA SIMONETTI

CVR. CAP. NOT.

DE MENSE IVNII

MDCCXXVII

FRAN. BENED. GERARDINVS NEPOS

BENEMERENTI POSVIT

OBIIT XX. NOVEMBRIS

ANNO ÆTATIS SVÆ LXIX

AB ORBE REDEMPTO

MDCCXXVIII

LIBERALIUM ARTIUM
PROFESSORES
CLASSIS DUODECIMA,

1.
S. Mariae ad Martyres.
Sepulcrum cum protome.

D. O. M.

BARTHOLOMEO BARONINO CASALEN
MONTISFERRATI ARCHITECTO CELEBER
RIMO IMPIA MORTE PREVENTO ANNO
ETATIS SVE XLIII DIE VI SEPTEMB
M.D.LIIII
BARTHOLOMEVS ET IO. FRANCISCVS
FRATRES POSVERVNT

2.
S. Mariae Transpontinae.
Humi .

D. O. M.
IO. BAPTÆ CALANDRÆ VERCELLEN.
MVSIVORVM EMBLEMATVM
OPIFICI PRÆSTANTISSIMO
ROM. PICTORVM ACADEMIÆ
PRINCIPI

Q   QVI

QVI ANNOS XL. CIRCITER
VATICANAM BASILICAM
OPERIBVS SVIS DECORAVIT
FVLVIA PARIS
INCONSOLABILIS VXOR
NE DIV AB EO QVEM DILEXIT
SEIVNGERETVR
VIRO PRÆMORTVO SIBIQ. P.
OBIIT XXVII OCTOBRIS
ANNO DOMINI M.DC.XLIV.
ÆT. SVÆ LVIII.

IN PIA LOCA LARGITORES

CLASSIS DECIMATERTIA.

I.

S. Cofmatis in regione Tranftyberina.
Humi, cum imagine delineata.

MARGARITA THOMÆ MALETHI PATRITIA
VERCELLEN AMISSO IN VRBIS DIREPTION
CONIVGE RELIQVM VITE SVE IN DEI
TIMORE CARITATE ET ELEMOSINIS
DVCENS ALTARE HOC CVM ANNVALI
RESPONSIONE ERIGI CVRAVIT VT
TERRESTEM (&c) TRIONPHV (&c) IN CELESTEM
CONNVTARET AÑO ITATIS SVE
XXXIII DIE XVIIII DECEBRIS M. D. XXXVIII
OBIT (&c)

2.

S. Jofephi Lignariorum.
In pariete.

D. O. M.

DEIPARÆ . VGINI (&c) EIVSQ. SPONSO . IOSEPH . TEPLV
DICATV

ARCHICONFRATERNITAS . A . FABRIS . LIGNARII . KAL. MAII

M. D. XL. INSTITVTA . ET . FVNDATA

FVNDATORVM . NOMINA

ANTONIVS . MANZOLVS . FLORENTINVS
ANTONIVS . DE . CASTELLO . BONONIENSIS
ALBERTVS . DE . ABBATIS . PISANVS
ANTONIVS . VENTVRINVS . VENETVS
ALBERTVS . IANVENSIS
ANGELVS . VALLE . FLORENTINVS
BARTHOLOMEVS . DE . SPINIS . VERCELLENSIS
BENEDICTVS . NICOLAVS . FLORENTINVS
BARTHOLOMEVS . MEDIOLANENSIS
CASCIANVS . DE . FONTANELLA
CHRISTOPHORVS . DE . VIGEVANO
COSIMVS . SEDIARIVS
FRANCISCVS . HIERONIMI . DE . VERSA
FRANCISCVS . IOANIS . PORCELANA
HIERONIMVS . BONONIENSIS
IOANNES . DE . PONTE . NEAPOLITANVS
IOANNES . SARMENTI . FLORENTINVS
IOANNES . PETRVS . DE . FOGLIATIS . BRIXIENSIS
IOANNES . ALIAS . IL . BOLOGNA
LVDOVICVS . BONARDVS . GALLVS
LAVRENTIVS . DE . ANTIGNATA
MICHAEL . MOMIA . LVCENSIS
MICHAEL . MARTINILVS . PISTORIENSIS
NICOLAVS . MACINELLVS . SARZANENSIS
PETRVS . MARCORELLVS . FLORENTINVS
PAVLVS . IOANNIS . LVCENSIS
STEPHANVS . GALLVS
THOMAS . ANTONELLI . DE . STAMIANO
VINCENTIVS . BONONIENSIS
ZACARIAS . FLORENTINVS

S. Mi.

3..

S. Mariae de Horto.

Humi.

D. O. M.
IOANI ALS SPACNOLO DE
ALBORIO VERCELLEN
ET FRANCISCO DE CARLE
ROMAGNANO NOVARIEN
SOCIIS ET SALSAMENTARIIS
OB INSTITVTAM VNIVER
SALEM HEREDEM SOCIETATE
S^{TE}MARIE DE HORTO SOCII
ET CONFRATRES OPTIMIS
ET BENEFACTORIBVS PIIS
PIE POSVERE
D. IOANES ANDREA DE
CAVALERIS ROMAVS
D. BINVS CRESPIATIS
ROMANVS
D. IACOBVS DE MVLIANA
ROMANVS
D. ALEXANDER RAVONIS
DE VERCELLIS
SOCIETATIS CVSTODES
D. LVCA BARTOLI
CAMERARIVS
PONI CVRARVNT OBIIT
DIE XIII MAII MDLXCI (6c)

4.

S. Auguftini.
Humi .

D. O. M.

EVSEBIO . DE . MARCHIS . VERCELLEN. VIRO
INTEGRITATE . PIETATE . RELIGIONE . ET
PRVDENTIA . PRÆSTANTI
QVI . DOTE . CONSTITVTA . VT . EIVS . ET . SVOR
ANIMÆ . BIS . QVOLIBET . DIE . A . SACERDOTIBVS
HVIVS . ÆDIS . RE . DIVINA . EXPIENTVR . OBIIT
X. DECEMB. M. D. LXX. VIXIT . ANN. CIRC. LXXV.
IOANNES . DE . MARCHIS . PATRVO . BENEMER
. MOESTISS. POSVIT

5.

S. Gregorii in clivo Scauri .
Humi .

D. O. M.
PETRVS FORESTA
GEBENES QVI ALTARE
MAIVS HVIVS
ECCLESIAE DOTAVIT
SIBI ET D. MAGDALENE
STAMPE ROMANE SVE
CONIVGI VIVENS
MONVMENTVM HOC
POSVIT ANN. MDLXXIX.

SS.Celfi

6.

SS. Celſi & Juliani in regione Pontis.

In pariete.

PETRVS FORESTA VEN.^{LT}SOC.^{TI} S.^{MI} SACRTI ET NŌIS
DEI HVIVS ECC.^E QVINQ. ALLVMERIAS MONTIS LOCA
P̃. ELEMOS.^A ASSIGNAVIT VT SINGVLIS DIEB' AB
EIVS OBITV COMPVTAN. TENEAT P.^O IPSIVS PETRI
FORESTE AC MAGDALENE STAMPE CONIVGIS
OIVMQ. DEFVNCTOR SALVTE MISSAM VNAM
CELEBRARI FACERE CVM DEVOL.^E EORVND. AD
HOSP.^{LE} S.^{ME} TRINITATIS CONVALESCEN. DE VRBE
CVM PRECITATO ONERE . SI A PREMISSIS DEFECE
RIT . QVOD PVB. ACT. D. FRAN.^{CI} BACOLETTI NOT.
A. C. CAVTVM EST DIE XXIII. AVGVSTI
M.D.LXXXII.

6.

SS. Trinitatis Peregrinorum.

In pariete.

PETRO FORESTAE
QVI TESTATVS EST AMOREM
ERGA ARCHITEM SS.^{MÆ} TRINITATIS
DONANDO LOCA OCTO ALVMERIARVM
CVM ONERE CELEBRANDI SACRVM QVOLIBET DIE

ET

ET SEX ANNIVERSARIA SINGVLIS ANNIS
ARCHITAS TESTATVR GRATITVDINEM
HOC MONVMENTO

8.

In ecclefia SS. Nominis Jefu de Vialata.
In chori pariete.

D. O. M.
IACOBVS SELLA PEDEMON
ALTARE HOC EXORNAVIT
PERPETVO CESV DOTAVIT
VT IBIDEM DVÆ MISSÆ
SINGVLIS HEBDOMADIS
ET DVO ANNIVERSARIA
CELEBRENTVR
LOCV SEPVLTVRÆ SIBI POSQᵉ
SVIS ELEGIT
ANN. D. M. D. XCIX.

9.

S. Mariae Tranfpontinae.
Humi .

ANNIBALIS . PETRA . SANCTÆ . A . RIPALTA . AQVEN
DIOEC. BASILICAE . S. PETRI . MVSICI . AC . DECANI
OSSA . QVI . ECCLESIAE . HVIC . PRO . ANIMA
SVA . FAVSTINAEQ. VXORIS . AC . POSTEROR

SCV.

SCVTA . CENTVM . LEGAVIT . VT

SINGVLIS . HEBDOMADIS . SACRVM . FIAT

VIXIT . ANN. LVII. OBIIT . XIII. CAL. AVG.

M. D. IC

IO.

S. Mariae de Horto .

Humi .

D. O. M.

BARTOLOMEVM PERSINARIVM

DE PRATO NOVARIEN DIOECESS (6r)

SALSAMENTARIVM

BEAT. MARIAE VIRGINIS DE HORTO

DEVOTISSIMVM

ET CONFRATERNITATIS

BENEMERITVM CVSTODES

ET CAMERARIVS EX LEGATO

DEPONI CVRARVNT

C. LAVRENTIVS CASVLA

AVGVSTINVS DE IVDICIBVS

PAVLVS MALGARINVS

LVCIANVS DE SANCTIS

IOANNES CAVALLOTTVS

CVSTODES

RICCARDVS APPIANVS CAMERAR

ANNO SALVTIS MDCIIII

R S. Lau-

II.
S. Laurentii in Miranda.
In pariete.

D. O. M.

BERNARDVS . SBVRLATVS . CIVIS . ASTENSIS

AROMATARIVS . IN . VRBE . CENTVM . HVIC . ECCL

AVREOS . DONAVIT . VT . PERPETVO . ANNIS

SINGVLIS . SACRVM . IN . HONOREM . SPIRITVS

SANCTI . PRIMO . QVOLIBET . DIE . DOMINICO

MENSIS . IANVARII . FIERET . VT . APPARET

IN . ACTIS . PVBLICIS . COLLEGII . PHARMA

COPOLARVM . ANNO . DOMINI . M.DCV

12.
SS. Trinitatis Peregrinorum.
In pariete.

INDIVIDVÆ TRINITATI

BEATAE VIRGINI ANNVNTIATÆ

ET SANCTO IVLIO

IVLIVS MAFFIOLVS HORTENSIS

NOVAR. DIOCESIS

HEREDIBVS SVIS RESERVATA

POTESTATE PERPETVO

ELI.

ELIGENDI SACERDOTEM

PRO QVOTIDIANA MISSA

ET CONSTITVTA DOTE

SACELLVM HOC EXORNAVIT

ANNO MDCXII

13.
S. Mariae in Vallicella.
In facello SS. Regum Magorum.

PONTIVS CEVA NICIENSIS

VIVENS SACELLVM ORNAVIT DOTAVIT

SEPVLCRVMQVE SIBI POSTERISQVE SVIS ELEGIT

ANNO DOMINI MDLXXVIII

OBIIT ANNO MDCXVIII AETATIS SVAE

LXXXII

PONTIVS CEVA IVNIOR

EIVS PRONEPOS ATQVE HAERES OPVS INCHOATVM

EX VOLVNTATE TESTATORIS ABSOLVIT

ANNO DOMINI MDCXVIIII

14.
S. Agathae in regione Transtyberina.
Humi.

D. O. M.

R. D. IO. ALCIATVS . DE . LABRIANO

R 2   CASA-

CASALEN. DIOEC. LEGAVIT . RR. PRIB

CONG. DOCTR. CHRIST. ECCL. S. AGATHÆ

IN . QVA EST . SEPVLTVS . ANNVVM

CENSVM . SCVTORVM . L. CVM . ONERE

CELEBRANDI . TRES . MISSAS . SINGVLIS

HEBDOM. IN . PERPET. VT . IN . EIVS

TESTAMO . ROGATO . PER . D. DEMOFONTEM

FERRINVM . NOT. PVBL SVB . DIE. XXI

APLIS . M.D.C.XXIII. OB. XXII. IVL

EIVSDEM . ANNI . AETAT. SVAE . LXXXIII

15.
S. Mariae de Horto.
Humi .

D. O. M.

BARTHOLOMEVM FVRGOTTVM

DE PRATO NOVARIEN. ROM. CIVEM

TANTVS AMOR IN VICTORIAM DE SANCTIS

CONIVGEM IMPVLIT

VT PIETATEM ATTIGERIT

QVA DVCTVS VENIA

AB VRBANO VIII. PONT. PETITA

DEIPARAM VIRGINEM

DIVOS IACOBVM ET BALTHOLOMEVM

APOSTOLOS

ET

ET VICTORIAM VIRG. ET MARTYREM

PATRONOS IN TERRIS ELEGIT.

ILLISQVE SACELLVM HOC DICAVIT

CONSTANTINO CVR. CAP. NOTARIO

DE CONSTITVTA DOTE ROGATO

IIII KAL. OCTOBRIS MDCXXX

NACTVS A MODICO HOC HONORARIO

EORVM CONSORTIVM CONSECVTVRVS

QVOD IN COELIS EST

16.

S. Mariae in Vialata.

In pariete cum aenea prosome.

D. O. M.

IO. BAPTISTAE . DE . ASTE

SELVAGGI . DE . ASTE . ET . ANNAE . LENGVELIAE F.

NOBILIS . ALBIGANEN. CIVITATIS · ACERNAE

BARONI . HVIVS . SACELLI . FVNDATORI

VIRO . EGREGIO . PIO . ERGA . DEI . MATREM

CVIVS . IN . CONCEPTIONE . NATVS

IN . PVRIFICATIONE . DENATVS . EST

ANN. DOM. MDCXXIIII. AET. SVAE . LXXIIII

FRANCISCVS . BONAVENTVRA . DE . ASTE . F.

EQVES.

EQVES . S. IACOBI . ET MAVRITIVS

DE . ASTE . NEPOS . ET . HEREDES

PATRI . AVOQ. BENEMER. POSS.

ANNO . DOM. MDCXLIII

17.

S. Caroli in Vialata.

Humi .

D. O. M.

FRANCISCVS SODANVS DE GATTINARIA VERCELLAR.

SPECTATÆ TEMPERANTIÆ ET CHARITATIS

COMMODA REI FAMILIARIS AVXIT NON SENSIT

NAM SPONTE PAVPER EGENIS OPVLENTVS

HÆREDITATIS HVIC ECCLESIÆ RELICTÆ

ANNVVM FRVCTVM MISERABILIBVS PVELLIS

IN DOTES STATVIT DISCREVITQ

ITA PLVRIVM PATER

PATERNAM DOCVIT SINE FILIIS PIETATEM

TESTATORI BENEMERENTI

CONGREGATIO SECRETA M. P.

ANNO DÑI MDCLXXXII. VIII. IDVS OCTOBRIS

19.

S. Mariae Lauretanae.

Humi.

D. O. M.
IOANNI BATTISTÆ AMADEO
DE MOZZIO NOVARIEN
INTEGERRIMÆ FIDEI PISTORI
HVIVS B.^{NÆ} VIRGINIS SODALITAT
MVLTIS LARGITIONIBVS
ÆQVE PIO AC MVNIFICO
IN AMICOS OFFICIOSO
IN PAVPERES LIBERALI
VITA FVNCTO
XIV IVLY MDCLXXXV
ÆTATIS VERO LXXX
DOMINICVS ANTONIVS ZAVARESI
TESTAMENTARIVS EXEQVTOR
P. C.

19.

S. Mariae in regione Tranſtyberina.

In ſacrarii pariete.

GABRIELI PRATO ASTENSI
QVOD NOVVM SACELLVM HVC ADAVXIT
IDONEVMQVE PROVENTVM CONSTITVIT
VT SACERDOS
HAC IN BASILICA
ALTERNIS HEBDOMADÆ DIEBVS
PIACVLAREM OBLATIONEM FACIAT
SINGVLIS AVTEM IN SACRO ODEO

HO-

HORAS MODVLETVR CANONICAS
AC POST EIVS OBITVM
QVOCVNQVE ANNO VERTENTE
ANNIVERSARIVS DIES
A CANONICIS CELEBRETVR
IIDEM MEMORES POSVERE

20.

S. Rufinae in regione Tranſtyberina.

In ſacrarii pariete.

TABELLA
ONERVM MISSARVM
CELEBRANDARVM IN ECCLESIA
SS. RVFFINÆ, ET SECVNDÆ MART.
PRO ANIMABVS FRANCI PHILIPPI
PRATI, ET VXORIS EIVS, POSTEA
SORORIS HIERONYMÆ BIGINI DE
FVNCTÆ DOMI SS. RVFF. ET SECVN.
EX ASSE HÆREDES MONIALES
DVÆ MISSÆ SINGVLIS MENSIB. PRO ANI
MAB. FRAN. PHILIPPI PRATI, VXORISQVE
HIERONYMÆ BIGINI
BIS ANRIA DE REQ. QLT ANNO PRO AMA
EIVSD. HIERONYMÆ DIE IX. AVG.
QLT ANNO MISSA VNA CANTA DE REQ.
PRO AMA FRAN. PHILIP. PRATI DIE XXX. SEPT.
IN PERPETVV DE DIE LAMPAS LVCEAT
ANTE ALTARE SS. CRVCIF. IN EAD. ECCLIA
MISSA VNA PPTVA IN ALTARI PRIVIL. IN
ECCLIA S. FRANCI AD RIPAM

ADIE-

ADFECTUS PARENTUM ET FILIORUM

CLASSIS DECIMAQUARTA.

1.

S. Laurentii in Damaſo.
Humi.

D. O. M.

IOANNI VNGARINO ABREM. PAPIEN. DIOEC.

VIRO INTEGERRIMO

FRANCISCVS ET ANTONIVS PATRI CARISSIMO

AC SIBI ET SVIS HÆREDIBVS

VIXIT ANN. XC. OBIIT IDVS APRILIS M.DLIX

2.

S. Franciſci ad Ripam.
Humi.

D. O. M.

ASCANIO CASTRVCCIO

PEDEMONTANO A MONTE REGALI

MORVM SVAVITATE ET GENERIS

NOBILITATE PRÆCLARO

5   SVM-

SVMMÆ SPEI ADOLESCENTI
MARGARITA BIGLIONA MATER
INCONSOLABILIS DVLCISS. FILIO
IO. ANT. ALIIQ. FRATRES
MAESTISS. CARISS. FRATRI
IMMATVRA MORTE SVBLATO
POST MVLTAS LACHRIMAS
P. C.
VIXIT AN. XVIII. MEN. VI
DIES XV. OBIIT XII. KAL. DECEMBR
M. D. LXXIII

3.

SS. XII. Apostolorum.
Humi.

D O M
IOANNI AMILIO CAPOTIO
ALBENSI FILIO DILECTIS[O]
IO. IAC. ET FRANCISCA
PARENTES CVM LACRIMIS
POSVERE OBIIT DIE XVIII
IANVARII MDLXXIIII
ÆTATIS SVÆ ANNO
XVI MENSE III

4.

S. Mariae Lauretanae.
Humi.

PAVLAE GALDINAE . . . . .
FAESTIVISSIMAE QVAE XVII
AGENS SVAE AETATIS MENSEM
                                        OBIIT

OBIIT XXIV. AVG. MDLXXV
FRANC. GALDINVS GEORGEI
F. DE S^O COLVMBANO AGRI
LAVDENSIS FILIAE DVLCISS
SIBI POSTERISQVE SVIS POSVIT
QVID MORS TAM TENERAM
RAPVISTI SALVA PVELLAM
DELITIAM PATRIS SPEMQ.
METVMQ. SVIS
HEV QVAM TV EXISTIS
MORTALIBVS IMVIDA
VT ILLOS
QVOD IVVAT ET PVLCHRVM
NON SVPERESSE SINAS

5.

S. Auguſtini.

Humi.

D O M
SIMONI DE GVIDONIS
DE SANCTO GEORGIO
CANAPITIO PEDEMOT
MERCATORI INTEGERRI
MO VIXIT ANNOS LX
OBIIT DIE XIII SEPTEBR
MDLXXIII
ET TARQVINIE FRIZZE
DE ABRVTIO EIVS COÏV
GE MORIBVS AC HONESTA
TE SINGVLARI VIXIT AN

S 2   NOS

NOS LXXIII OBIIT D. XX
OCTOBRIS MDLXXVI
FRANCISCVS ET FRATRES
PARENTIBVS OPTIMIS
POSTERISQVE EORVM
POsVERVT MDLXXVII
MENSE MARTIO

6.

S. Luciae de Gonfalone .

Humi .

D O M
IACOBO BESSIO TAVRINENSI
VIRO PROBO ET INTEGRO QVI
OBIIT DIE XXIII OCTOBRIS
M. D. LXXX ÆTATIS SVÆ AN
NORVM LX
FRANCISCVS BESSIVS FILVS (sic)
PATRI BENEMERENTI
POSVIT

7.

S. Angeli in foro Piscium .

Humi .

D. O. M.
GVIDONI . IAVELLO . PHARMA
COPOLÆ . EX . OPPIDO . SANCTI
GEORGII . CANEPITII . GALLIÆ

CISALPINÆ . ORIVNDO . VIRO
FRVGI . SVMMÆ . INTEGRITATIS
AC . PROBATÆ . FIDEI . VIXIT
ANNOS . XLV. OBIIT . IDIBVS
SEPTEMBRIS . ANNO . SALVTIS
M. D. LXXIIII
LVCRETIÆ . DE . PALENTIS
ROMANÆ . MVLIERI
HONESTISSIMÆ . SPECTATÆ
VITÆ . AC . RELIGIONIS . VIXIT
ANNOS . LII. OBIIT . NONO
KAL. MAII . M.D.LXXXVII
HORATIVS . IAVELLVS . ET
FRATRES . FILII . MÆSTISSIMI
OPTIMIS . PARENTIBVS
SIBIQ. AC . POSTERIS
P. C.

8.

S. Mariae in Vallicella.
In gyro orbicularis lapidis.

PETRO REVILIO EPOREDIENSI PARENTI OPT. FILII MOESTIS-
SIMI SIBIQ. POSS. ANNO DÑI M.D.LXXXVIII.

9.

Ibidem.
Ut supra.

IACOBO AGAZINO NOVAR. DE AMENO FILII ET HÆREDES P.
A. S. M. D. LXXXVIII.

10.

SS. Trinitatis Peregrinorum.
Humi.

D. O. M.

IOANNI PAVLO NEPO PRÆDARIÊNSI
DIOECESIS NOVARIÆ VIRO SANE PROBO
E COELO INSIGNI FIDE PIETATE ATQ.
PRVDENTIA ORNATO QVI DVM ANNVM
SEXAGESIMVM PRIMVM SVÆ ÆTATIS
AGERET EX HVMANIS AD MELIOREM
VITAM SVAVI SOPORE EREPTVS EST
DIE V. SEPTEMBRIS MDCXXVI
SIMON IO. BAPTA IOSEPH FILII
PARÊTI OPTIMO MOERÊTÊS POSVERE

11.

S. Laurentii in Damaſo.
Humi.

D. O. M.

ANTONIO SECVNDINO PEDEMONTANO IN VRBE
MERCATORI INTEGERRIMO VITÆ PROBITATE VRBE
DONATO SEPTVAGINTA DVOBVS ÆTATIS SVÆ ANNIS
XXX. DECEMBRIS M. DC. XXX. OBEVNTI CÆCILIA

ET

ET HIPPOLITA FILIÆ ET HÆREDES PARENTI AMAN
TISSIMO SIBI POSTERISQVE SVIS MONVMENTVM
HOC ANNO D. M. DC. XXXII. NON SINE LACRIMIS
CVRANT.

I 2.

S. Mariae in regione Tranſtyberina.

Humi.

DE TRINO VNI
ET
IOANNI ANTONIO PRATO.
ROMANO
FILIOLO PRIMARIO
QVI IN IPSO AETATIS . . . .
. . . . N
: . . D . . . PR . . . .
. . . . NAS
IPSI
GABRIEL PRATVS ASTENSIS
HIC
ANIMO IAM SEPVLTVS
CORPORE MOX TVMVLANDVS
MONVMENTVM. POSVIT
AN. NOSTRÆ SAL. MDCXXXIII
SVI DOLORIS EXTREMO

S. Ma-

13.
S. Mariae de Horto.
Humi .

D. O. M.
IOANNI BAPTISTAE
TITONIO ROMANIANO
ET EIVS VXORI ANNAE
BLASIVS TITONIVS
EOR FILIVS AMORIS
PATERNI COMPOS
ADHVC VIVENS
MONVMENTVM POSVIT

14.
S. Honuphrii.
Humi :

D. O. M.
PETRVS A. BV. . . . . . .
E VERCELL
IMMORTALITATEM . . .
MEDITA . . :
SEPVLCR. . . .
OPTAVIT
LIBERISQ.
D. . :
OBI. . .
FILIO . . .
. . . . . .
. . . . . .
. . . . . .

AD-

ADFECTUS CONJUGUM
CLASSIS DECIMAQUINTA.

I.

S. Petri in Monte Aureo.
Humi.

E. R. S.
NICOLAO BILIO NOVA
RIENSI CONSPICVO
AC PROBO VIRO
MARTIIA (sc) CARLINEA
VXOR CONIVGI
AMANTISS. ET
IO. ANT. AC PAVLVS DE
FASSINIS FRATRES
EXECVT. TESTAM. ET
DOLENTES POSS.
OBIIT SEPTVAGENA
RIVS OCTAVO KL
DECEMBR MDLXXI
EORVM DEINCEPS
PERPETVAM VOLVERE
ESSE VRNAM
DE FASSINIS

2.

S. Mariae Lauretanae

Humi.

D O M
PETRVS BORLA PEDEMON
TANVS DE SEPTIMIO
TAVRINEN. OB PIETATEM
IN HONESTISSIMA FEMINA
ANTONIAM STRAMBAM
EIVS SOCRVM ET IN FILIOS
SVOS OPTIMIS MORIBVS
PRFDITOS VITA FVNCTOS
POSVIT ET SIBI SVISQ.
SVCCESSORIBVS PROPRIV
LOCVM ELEGIT DIE XXIIII
MARTII M.D.LXXII

3.

S. Mariae de Monferrato.

Humi.

D. O. M.

ALEXANDRO . LONGIO . A . MONTE
REGALI . CIVI . ROMANO . VIRO
INTEGERRIMO . ET . HORATIO
LONGIO . SVMMÆ . PIETATIS . IVVENI
LVCRETIA.BERTONCELLIA. ROMANA

CON-

CONIVGI . OPTIMO . ET . FILIO

DVLCISSIMO . ET . FILII . PATRI

AC . FRATRI . BENEMERENTIBVS

MOESTISSIMI . POSVERE . VIXERVNT

ALEXANDER . ANNIS . LXV. MEN.

VII. D. XXIIII. HORATIVS . VERO

ANN. XXVI. MEN. VII. D. XXVIII.

OBIERVNT . ANNO . SALVTIS

HVMANÆ . MDLXXVII

HORATIVS . DIE . XXIIII. MEN.

MARTII . ALEXANDER . VERO

DIE . XXVI. MEN. IVLII

✠

S. Homoboni.

Humi.

D. O. M.

IACOBO CAPRETIO EX OPPIDO

PONTIS STVRAE CASALEN.

VIRO PROBO ATQ INDVSTRIO

VIX. A. XXX. OB. VIII. KAL.

IVN. MDLXXVIII

LVCIANA FVRNARIA ROM. MARITO

OPTIMO MVLTIS CVM LACRYMIS P.

T 2   S.Aloy.

5.

S. Aloysii nationis Gallicanae.

Humi.

D. O. M.
GASPARO REYDET
NOBILI SABAVDO DIOE
GEBEN D. DE LERMINEV
ET PRISCI INSIGNI
FIDEI AC PIETATIS
VIRO ATQVE IN OMNES
OFFICIOSISS ET
PRVDENTISS.
CLAVDIA CORNILLION
VXOR CARISS ET NEPOTES
GRATI ANIMI ET PERPETVI
AMORIS MONVMENTVM
POSVERVNT VIXIT AN LV
VLTIMVMQVE DIEM OBIIT
III. ID SEPTEMB.
MDXC

6.

S. Mariae in regione Transtyberina.

Sepulcrum cum imagine depicta.

A. D. G.
LECTOR . SISTE.
NEC . VIVVS . NEC . MORTVVS
HIC . HÆREO . HIC . MOEREO
FILIO. ERAM . DESTITVTVS

CONIVGEM . AMISERAM
HIC
FILIO . REDDOR
ET . A . CONIVGE . NON . SEIVNGOR
ET . DVM
MORTVOS . SPECTANS
MORTEM . EXPECTO
PRAE . TIMORE . LAPIS
HVNC . LAPIDEM . ERIGO
NEC . SENSV . CAREO
NAM . ET . IPSI . LAPIDES
SVAS . LACHRYMAS . HABENT
GABRIEL . PRATVS . ASTENSIS
SÆCVLO . XVI
POST . MORTEM . REGIS . VITÆ

7.

S. Mariae de Populo.

Humi.

D O M
IO. MARIAE BRAVETTO
VERCELLENSI
MIRA IN REBVS AGENDIS
PRVDENTIA PIETATE AC
INNOCENTIA VITAE
CLARO
VIXIT ANNOS LI
MENSES IIL DIES X.

OBIT

OBIIT DIE XIV. SEPTEMB.
M. DC. III.
SEPTIMIA DE BOSIS
MARITO CARISSIMO
SIBI SVISQVE
MOESTISS. P. C.
AN. M. DC. III.

8.

S. Honuphrii.

Humi.

D. O. M.
GINEVRÆ AVELLANÆ
HONESTÆ PRVDENTI
MATRONÆ
QVÆ SEXAGESIMV (&c)
ANNV INGRESSA
OBDORMIVIT NI (&c)
DOMINO
BERNARDVS SBVRLAT[VS]
CIVIS ASTENSIS VITR
DE SE BENE MERITÆ
VXORI SIBIQ. SEPTV
AGENARIO HVNC

POSVIT LAPIDE
NONIS IVNII
MDCVIII

9.
S. Mariae de Populo.
Humi.

D. O. M.
NICOLO VANDONI FIGLIO
DI GIO. BATA VANDONI
MILANESE DA OLEGI
PANDOLFI DIOCESE
DI NOVARA ELISABETTA BOVI
DA BRANZAGO NOVARESE
MADRE DI NICOLO
CATERINA CAGNELLI
ROMANA E DIALETTA
FIGLIA DI VIRGILIO
NARNESE PRIMA E SECONDA
MOGLIE DI NICOLO
NELL ANNO DEL SIGNORE
MCCCCCCXXX

10.
S. Mariae in regione Transtyberina.
Sepulcrum cum imagine depicta.

D. S.

ANNÆ MARIÆ DE FERRIS
GENVENSI
FŒMINÆ

CVM

CVM PRISCIS COMPARANDÆ

SED TANTVM SE IPSA DIGNÆ

QVÆ DVM MORVM PROBITATE

OMNES IN ADMIRATIONEM DVCIT

MORTEM IN INVIDIAM TRAHIT

GABRIEL PRATVS ASTENSIS

GRATISSIMVS

OPTIMÆ VXORI

CVIVS ARDOREM ANIMO SENSIT

CINERES MONVMENTO COLLEGIT

HÆC MORIENS

XXXIII. VITÆ ANNVM

SECVM DVXIT

VLTIMVM FLETVS DIEM

MARITO RELIQVIT

ꝏ IↃ C. XXXL

II.
S. Caroli Catenariorum.
Humi.

D. O. M.

IVLIANI VIVALDI ALBIGANENSIS

QVOD MORTALE HVMO TEGITVR

QVOD VITALE COELO FRVITVR

                                        MA-

MARITO ET PARENTI AMANTISSIMO

IN DEVM PIO IN AMICOS FIDO

DOMI SOLLICITO FORIS INDVSTRIO

VTROBIQVE PROBO

SEPVLCHRVM EX MARMORE

EXORNANDVM CVRAVERE

CLARA BARLANA VXOR

DILECTISSIMA

ET CATHARINA PETRONILLA

ET VERONICA

FILIAE ET HAEREDES GRATISSIMAE

OBIIT DECIMO KAL. APR. MDCXLIII

AETATIS SVAE AN. LXII

12.
S. Caroli in Vialata.
Humi.

FRANCISCVS . SODANVS . DE . CATTINARIA

VT . SANCTVM . CAROLVM . QVEM . IN . VITA . ADVOCA-
TVM . HABET

SENTIAT . ETIAM ; EXVTA . MORTATITATE . PATRONVM

IN . HOC . IPSIVS . TEMPLO . SEPVLCRVM . IN . QVO . CLAV-
DATVR . MORTVVS

SIBI . ET . PLAVTILLAE . ZVCCHINAE . VXORI . APERVIT . VI-
VENS . AN. MDCLXVII.

V   S. Mi-

13.

S. Mariae de Horto.
Humi.

D. O. M.

BONIFACIO LAMBERTO

FIL. Q. BARTHOLOMEI DE GATTINARIO

VERCELLEN. DIOC.

OPTIMO CONIVGI ET INTEGRO VIRO

QVI LXIII ANNV̄ ET DIEM XXIII

AGENS OBIIT XIV. KAL. APRIL

ANNO DÑI MDCLXXVII

CATERINA VVLPANI ROMANA

FIL. Q. IOAN. CHRISTOPHARI A CARAVAGGIO

ET APPOLLONIAE CHIAVARINAE

VXOR SVPERSTES

HOC CONIVGALIS AMORIS MONVMENTVM

MAXIMO CV̄ MERORE

POSVIT

14.

S. Jacobi in regione Pontis.
Humi.

D. O. M.

IO. 'PETRO TESTE CARCHANO

EX

EX NOBILISSIMA NOVARIE FAMILIA
ORIVNDO
IMMATVRA MORTE E VIVIS EREPTO
LACRIMIS CAVATO MARMORE
LVCRETIA CAPPONIA VXOR
VBERTVS ET ANNA
FILY
EXTREMI DOLORIS ARGVMENTVM
POSVERE
OBYT ANNO SALVTIS MDCLXXVIIII
DIB VERO XXVIII X̄BRIS
ÆTATIS SVÆ XLVIIII

Ibidem in alio marmore.

FAMILIA CARCHANO

15.
S. Mariae de Planctu.
In pariete.

D. O. M.
MARCVS ANTONIVS ALBERTINVS
MACANEI IN INSVBRIA NATVS
AB ILLO PVLVERE
QVO SIBI FACVLTATES SIGNAVIT
MORTALITATEM EDOCTVS
CHRISTIANAS PROSECVTVS VIRTVTES
HVC TRANSLATVS

IMMORTALITATEM ET IMMVTATIONEM
EXPECTAT
OB. VI. KAL. APRILIS M.DCLXXXIII
MARIA CAMILLA BREA
EX SECVNDIS VOTIS VXOR
DOMINICVS BONSANVS PRIVIGNVS
ET ANTONIA PRISCA CONIVGES ROMANI
SIBIMETIPSIS POSTERISQ. SVIS POSS.
AN. REPARATÆ SAL. M.DC.LXXXV

16.

S. Laurentii in Lucina.

Humi.

D. O. M.
FRANCISCO MASSARO EX SVRRISO
NOVARIEN. DIAECES.
MISERICORDIA IN PAVPERES ILLVSTRI
QVI OBIIT IV. NON. MARTII
MDCLXXXVIII
CATHERINA VZZENA VIRO OPTIMO
MOERENS POSVIT

AD-

ADFECTUS FRATRUM ET NEPOTUM

CLASSIS DECIMASEXTA.

I.

S. Petri in Monte Aureo.
Humi.

D. O. M.

TRINITATI ÆTERNÆ SACRVM ANDREÆ FAVZONIO VRBE
MONTE REGALI CVI GENVS PATERNVM CLARVM
MATERNVM A REGVLIS LINQVILLÆ LIGVRIBVS
QVI A PROCVLO ROM. IMP. ORIGINEM DVCVNT
VIXIT AN. XXVI. OBIIT A CHRISTO NATO MDXXXI.
ACHILLES FAVZONIVS FRATRI P. RVRSVM CIRCVN-
-DABOR PELLE MEA.

2.

SS. Trinitatis in Monte Pincio.
Humi, cum imagine delineata.

D O M
NOBILI AC STRENVO MILITI CAPIT
ANEO AVGVSTINO BALADA DE NOTB

FER-

FERRATO   IOANNINVS   BALADA
NEPOS   ET   COMERES (sic) EX TES
TAMENTO   CV   LACRIMIS   DE
ME   POSVIT   VIXIT   ANNIS   LXXX
MENSIBVS   DECEM   OBIIT   XI. IVNII
MDXXXXVIII

3.
S. Mariae de Planctu.
Hami .

D. O. M.
IOANNI SCHOLE DE MŌ
TE REGALI   DEPOSITVM
VIXIT ANNOS XL
OBIIT CONSVL ET CAME
RARIVS ARTIS TABERNARI
ORVM VRBIS DIE XII
SEPTEMBRIS MDLVI
GVGLIELMVS EIVS NEPOS
NON SINE LACRIMIS
POSVIT

4.
S. Aloysii nationis Gallicanae.
Hami .

IHS XPO OMN. SAL
IOSEPHO DADDEO CIVI
MONTIS REGALIS IN
PEDEMONTIO VIRO NOBILI

MORIBVS PIETATEQ INSIGNI
IOANNES DADDEVS
FRI AMANTISS. P.
VIX. AN. XLV. M. III. D. VII
OBIIT AN. DO
MDLXVIII. III. CAL. OCTOB.

5.

S. Mariae de Horto.

Humi.

D. O. M.
HIC IACET D. BARTO
LOMEVS RVGERIVS
DE MONDVI
QVI OBIIT AÑO D.
MDLXXXII. M. FEB.
DIE II
PAVLVS FR. EIVS CVM
LACRIMIS B. M. POSVIT

6.

Ibidem.

Humi.

D. O. M.
FRANCISCO ARGAGLIETTO DE
CATINARIA VERCELLENSIS
DIOCESIS VIR DVM VIXIT

INTE.

INTEGRÆ VITÆ ET IN OPERIBVS
PIIS SOLLICITVS MORTE IN
XXXX. EIVS AETATIS ANNO
SVPERVENIENTE PONERE NON
SINE LACRIMIS IACOBVS FRATER
ET FILII CVRARVNT OBIIT
DIE II. MENSIS IVNII MDCXXII.

7.

S. Mariae de Planctu .

Humi .

D. O. M.

BARTOLINO BIOCCHAE
EX OPPIDO CATINARIAE
VERCELLEN. DIOC.
ORIVNDO FRVGI PARITER
ATQ. HONESTO VIRO VITA FVNCTO
DIE XI. SEPTEMBRIS M. DC. XXV
ANTONIVS ET AVGVSTINVS FRATRES
ET FRANCISCVS EX FRATRE NEPOS
HAEREDES MOERENTES
P P.

8.

S. Mariae de Horto.

Humi .

D. O. M.
ANTONIO BARDONIO
A CATINARIA
SALSAMENTARIO
S. MARIAE DE HORTO
CONFRATRI
BENEMERITO
QVI OBIIT DIE XXX
IVLII MDCXXVI
LAVRENTIVS
BARDONIVS EIVS
FRATER ET HERES
MONVMENTVM
HOC PONI CVRAVIT

9.

S. Francifci ad Ripam.

Humi .

D. O. M.
IOANNI BRVNELLO VIRGVLTENSI
DAMIANVS DOMINICVS ET IOAN. BAPTA̅ BRVNELLI NEP.
EX IPSIVS BONORVM HAEREDES OBITV̅ SVVM GEMENTES
POSVERE

X   TER-

TERRARVM LVSTRAS TV QVI LOCA SACRA VIATOR

HVNC CERNENS TVMVLVM SISTE PARVMPER ITER

NAM IACET IMMITI CONSVMPTVS MORTE IOANNES

HIC QVI VIRTVTIS CHARVS AMICVS ERAT

QVARE DEVM MANIBVS SVPPLEX INFLECTE SVPINIS

SPIRITVS VT NITIDO POSSIT ADIRE POLOS

OBIIT DIE X. AVGVSTI M.D.CXXIX.

IO.

S. Mariae de Horto.

Humi.

D. T. V.

PETRO ANTONIO SODANO

ANTONII FILIO DE CATINARA

MORVM INNOCENTIA PIETATE

AC ANIMI MAGNITVDINE PRAESTANTI

OMNIBVS GRATISSIMO

POSVIT

IOANNES BAPTISTA SODANVS

FRATER ET HERES ET SIBI

SVISQVE ET HAEREDIBVS

OBIIT VI. KAL. DECEMBRIS

MDCXXXV

S. Aloy-

II.

S. Aloyfii nationis Gallicanae.

Humi.

D. O. M.
GVGLIELMO VALERIO
PEDEMONTANO
EXIMIÆ INTEGRITATIS VIRO
PIETATE AC RELIGIONE IN DEVM
MVNIFICENTIA IN PAVPERES
CONSPICVO
REGIÆ HVIVS ECCLESIÆ ET HOSPIT
SVMMA CVM LAVDE PARIQVE
AFFECTV ET SOLERTIA
LONGO TEMPORIS TRACTV
PRINCIPALIS CAEMENTARIORVM
FABRORVM MAGISTRI
MVNERE PEREVNCTO
BERNARDVS VALERIVS
EX FRATRE NEPOS ET TESTAM
HAERES PATRVO
SIBI POSTERISQVE SVIS
P. C.
OBIIT QVINTO KAL IAN
MDCLVI AET VERO SVE
SEXAGESIMO TERTIO

X 2   S. Me-

I 2.

S. Mariae de Horto.

Humi.

D. O. M.

FRAN.^{co} MAZZIAGA OLEGGI OPPIDO

NOVARIENSIS DIOECESIS PATRITIO

VIGILANTISSIMO ARCHICFRATIS

S. M. DE ORTO CVSTODI

DOLENS FRATER EIVS AMANTISSIMVS

ANTONIVS MARIA MAZZIAGA

IN LVCTV POSITVS

LVGVBRE HOC SEPVLCRALE MONVMENTVM

POSVIT

ANNO MDCLXXI

OBIIT XXIII IVNVARII (sic) ANNI EIVSDEM

13.

S. Caroli Catinariorum.

Humi.

D. O. M.

IOANNI DE RVBEIS

PEDEMONTANO

RELIGIONE CASTIMONIA PROBITATE

ET MISERICORDIA IN PAVPERES EXIMIO .

QVI MORTALITATIS MEMOR

SEPVLCRVM SIBI SVISQVE EXTRVI

TESTAMENTO IVSSIT

IO. FRANCISCVS DE RVBEIS

HÆRES SVPREMÂ

AVVNCVLI VOLVNTATE IMPLETA

MOERENS P.

VIXIT ANNOS LXIV. M. V.

OBIIT ANNO R. S. MDCCXXXIX

XIV. KAL. SEPT.

INCERTÆ, AMICORUM, ET EORUM QUI SIBI IPSIS POSUERUNT

CLASSIS DECIMASEPTIMA.

I.

SS. Viti & Modesti.
Humi.

MCCCCC
D. O. M.
DEPOSITŪ ADAMATIS
QVONDĀ VXORIS
ANTONII DE NOVARIA
ĀNO IVBILEI
DIE 14. (Sc) IVNII
1500. (Sc)

2.

S. Salvatoris in Unda.
Humi.

D. O. M.

AVITVM PERVETVSTÆ ÆQVE
AC NOBILIS ROMANÆ FAMILIÆ

CAS-

CASSIORVM SEV DE CACCIA
SEPVLCHRVM , QVAM VT ROMÆ
REDIVIVAM RESTITVÉRET
BARTHOLOMÆVS DE CACCIA
E NOVARIA ROMAM REDVXIT
AB INITIO VSQVE SÆCVLI MD.

J.

S. Agathae in regione Montium.

Hævi.

HIC IACET GRABIELLA D
MALLIAO RELICTA CÕ
DAM IACOBI D MÕTE FERR
ATO QVE VIXIT AÑIS 40 (sc)
OBIT DIE IOVIS PENVLTI
MA MAII Lꝛ IN FESTO
CORPORIS XPI AÑI M
DXXVI

ANTONIVS BARELLA
DE TVRRE GENERE
SOCRVI BENEME
RENTI POSVIT
VXORI TROCHO
FILIO

S. Lau-

4.

S. Laurentii in Damaſo.

Humi.

D. O. M.
ANTONIO MANNINO NOVARIEN.
ORIVNDO EX OPPIDO GOZANO
VIRO INDVSTRIA INTEGRITATE
HVMANITATE INCOMPARABILI
QVI VIXIT AN. XLIV. MENS.
VIII. OBIIT V.NONAS OCTOBRIS
ANNO SAL. M.DLXI.

5.

S. Caroli in Vialata.

Humi.

D. O. M.
IO. FRANCISCVS . ZANOLVS . NOVARIENSIS
PRO . SVA . ERGA . DIVVM . CAROLVM . PIETATE
DIE . IPSO . FESTO . MORIENS . A. MDLXII.
SIBI . SVISQVE . HOC . MONVMENTVM . POSVIT

6.

S. Mariae de Horto.

Humi.

D. O. M.
ANTONIVS DE EVSEBIIS
DE S. GIORGIO CANAPENSIS

DIO-

DIOCESIS EPOREGIENSIS
PIZZICAROLVS IN VRBE
QVI FVIT CAMERARIVS
SOCIETATIS S. M. DE HORTO
ANNO DOMINI
MDLXXV
MDLXXVII. MDLXXXII.

7.

S. Mariae de Populo.

Humi.

D. O. M.

RVBERTO ; PINO . PATRICIO . AVXIMATI

ILL.MI ET R.MI DD. CAETANI . CARD.

SERMONETA . A . SACRIS . VIRO . PROBO . ET . PIO

MVLTIS . IN . SODALITATIB. . SANCTIS . MVNERIB.

EGREGIE . FVNCTO . CAVDATARIORVM

DECANO

IOSEPH ; BONIPETRVS . NOVARIEN

NICOLAVS . MASSVTIVS . RECANATEN

IVLIVS . ALTOBELLVS . MVTINEN

TESTAMEN. EXECVTORES . PP.

VIXIT . ANN. LXXXI. MEN. I D. XVL

DICESSIT . IL.:B. OCTOB. M. D. LXXX

Y S. Ma-

8.
S. Mariae de Horto.
Hami.

D. O. M.
PETRO MAGONIO DE
CATINARIA SALSEMEN
B. MARIA DE HORTO
CONFRATRI BENEMERITO
QVI OBIIT DIE XXII
SETTEMBRIS
MDCXXV
C. O. B. MAGONIO
. . . . . HAERES EIVS
MONVMENTVM
HOC PENI (84) CVRAVIT

9.
Ibidem.
Hami.

D. O. M.
SEPOLTVRA
DI BARTOLOMEO FVRGOTTI DE PRATO
DIOCESI DI NOVARA ET
DI VITTORIA DE SANTI VITERBESE
SVA CONSORTE
OFFITIALI E BENEFATTORI
DELLA COMPAGNIA DELLA MADONNA DELL' HORTO
ADI XXVI. DI MARZO MDCXXXIV. VIVENTE

S. Ro-

10.
S. Rocchi ad Ripam.
Humi.

D. O. M.
ANTONIVS BOGGIVS
DE LVCANO
DIOECESIS
IPPOREGIENSIS
HIC IACET
XII. OBIIT KAL. APRILIS
M. D. C. XLIII

11.
S. Francisci ad Ripam.
Humi.

D O M
IO . . . S . . . PVS PRESB. ASTEN
. . . ; . . . . APOST
. . . .
AD IANITORIS COELI PEDES
SEPELIRI CVRAVIT
VT EIVSDEM CLAVIBVS
AETERNITATIS IANVA
SIBI MORIENTI APERIATVR
VIVENS POSVIT
ANNO MDCLXVI
AETATIS ANN LXXIII
OBIIT ANNO MDCLXX
DIE IL MAII

Y 2   In

12.

In Museo Capitolino.

In pariete.

INNOCENTIO VNDECIMO PONTIFICI OPTIMO MAXIMO

QVOD IN VIENNA ROMANI IMPERII PRINCIPE VRBE

IRREQVIETA VIGILANTIA PRVDENTI CONSILIO INGENTI
AVRO

PRECIBVS LACRYMISQVE DEI IMPLORATO AVXILIO

ANNO REPARATAE SALVTIS CIƆIƆCLXXXIII

AB IMMANISSIMA TVRCARVM OBSIDIONE VINDICATA

LABORANTI CATHOLICAE RELIGIONIS SECVRITATI PROVI-
DERIT

FŒLICITER REGNANTE

LEOPOLDO PRIMO CAESARE AVGVSTO

CHRISTIANAS ACIES DVCENTE

IOANNE TERTIO POLONIÆ REGE SEMPER INVICTO

FORTITERQVE PVGNANTE

CAROLO QVINTO DVCE LOTHÆRINGO

S. P. Q. R. AETERNVM MEMOR P.

COMEND. CAROLVS ANTONIVS A PVTEO CŌS MARCVS ANTO-
NIVS DE GRASSIS CŪS

LÆLIVS FALCONERIVS CONS. ISIDORVS CARDVCCIVS C. R.
PRI.

S. ME-

13.

S. Mariae de Horto.

Humi .

D O M

FRANCISCO ARGAGLIETTO
DE CATINARIA SALSAMENTARIO
DE HAC ECCLA
QVAM HAEREDEM INSTITVIT
OPTIME MERITO
VIXIT ANN. LXV. OBIIT PRID. IDVS
FEBRVARII MDCXCIIL

CVSTODES SMPREME EIVSDEM
VOLVNTATI OBSEQVENTES POS.

14.

SS. XII. Apostolorum.

Humi .

D. O. M.

TERESA ANGELA

CASALES

ROMANA

SIBI SVISQVE POSTERIS

HOC MONVMENTVM

POSVIT

ANNO DOMINI MDCCXXVII

15.
Ibidem.
In clauſtri pariete.

D. O. M.
THERESIA ANGELA CASALES
ROMANA
EX PATRE DIDACO
ET AVO FRANCISCO
PATRVOQVE DVCE CAROLO
DE NOBILI FAMILIA CASALI
EX SABAVDIA
SIBI VIVENS
MONVMENTVM POSVIT
ANNO DOMINI
MDCCXXIX

16.
S. Gregorii ad pontem Caeſtium
Humi.

D. O. M.
OSSA
IO. FRIDERICI KREAYTTER
DE CORVINIS
PATRITII CALARITANI
CONCNIS DIVINAE PIETATIS
PROMOTORIS
OPTIME MERITI
OBIIT DIE XXVII. DECEMBRIS
A. D. MDCCXXX.

17.

S. Mariae de Victoria.

Humi.

D. O. M.
PAVLVS ANTONIVS ARRIGONVS CASSINENSIS
IN INSVBRIA
HOC QVOD SIBI MORITVRO POSVIT MONVMENTVM
VIVENTI VOLVIT MORTIS COMMONITORIVM
ANNO REP. SAL. MDCCLIII.

18.

S. Gregorii in Monte Coelio.

Humi.

BERNADINVS DE
TROTIS DE CAS
TELASIO ALEXA
NDRINENSIS

19.

S. Mariae de Planctu.

Humi.

FAMILIA DE BLENGINI DELLA
CITTA DI MONDOVI
CONFORME IL TESTAMENTO
DEL SVDETTO
BIAGIO

20.

S. Aloysii nationis Gallicanae.

Humi.

D O M
HOC MONVMENTVM

EST

EST IOANNIS DE S. MICHAELE
SABAVDI HVIVS AEDIS HOSPITALARII
IN QVO SE CVM VXORE ET LIBERIS
POST MORTEM CONDI VOLVIT

21.

SS. Trinitatis in Monte Pincio.
Humi.

D. O. M.
PHILIPPVS . VINCENTIORVM . GENERE
PINAROLI . ORTVS . POST . PLERAQ PRIMÆ
ÆTATIS . DISCRIMINA . IN . VRBE . TANDEM
A . IVVENTVTE . FIRMAVIT . LAREM
IN . SENIVM . VERGENS . ADHVC . CÆLEBS
ET . MEDITATVS . CVM . MORTE . NVPTIAS
HVNC . SIBI . THALAMVM . COMPARAVIT
QVID . ENIM . ALIVD
CVI . CRVX . IN . STEMMATE . RADIAVIT
NISI . MORTEM . MEDITATIONE
PRÆSVMERET

22.

Laterani in oratorio S. Mariæ ad Fontem.
Humi.

FAMILIA EX MARCHIONIBVS CEVÆ
PEDEMONTANA
HOC SVIS PARAVIT CONDITORIVM EXTINCTIS
VIVENTIBVS SPECVLVM

APPEN.

APPENDIX.

I.

In basilica Liberiana.

Humi.

PETRO LAMBERTO ALLOBROGI

PRAESVLI CASERTANENSI

VIRO PRINCIPALIBVS LIBELLIS

LITTERISQVE REFERENDIS

FORMANDIS CASTIGANDIS

PRAEPOSITO

BENE DE OMNIBVS MERITO

2.

S. Susannae:

Humi.

D. O. M.

ANDREÆ ANTOLINO ADVOCATO

ALEXAND. ET IO. BAPT. FRATRIB.

HIC RECVMBENTIBVS

OLIMPIA ANTOLINA

DE BALLAPANIBVS

SOROR PIISSIMA GRATI ANIMI

HVNC LAPIDEM FIERI IVSSIT

DIE VI, OCTOBRIS M.DC.XXXVI.

3.

SS. Trinitatis Peregrinorum.
In fronte ecclesiae.

IOES . DE . RVBEIS . PEDEMONTANVS . IN . S. S. TRINITATIS .
HONOREM . F. F. A. MDCCXXIII.

4.

S. Mariae de Aracoeli in sacello S. Hieronymi.
Humi.

D. O. M.
SERVVS DEI
IOANNES ANDREAS CORDERI
PRÆSBYT. SÆCVL. DIŒC. MTIS REGALIS
IN SVBALPINIS
DOCTRINÆ CHRISTIANÆ
PERPETVVS ET CVLTOR ET PROMOTOR
HIC IACET
PIA AC LIBERALI CONCESSIONE
ILLMI ET EXCMI PRINCIPIS
D. HIERONYMI ALTIERI
HVIVS SACELLI PATRONVS
EX INSTRO ROGATO PER ACTA
D. IOAN. ANTONII PICHA NOT. CAP.
DIE XXI. NOVEMB. MDCCXXXIII.
OBIIT XXI. OCTOB. MDCCXXXII.
ÆTATIS LXXXIV.

INDEX

INDEX

GENERALIS ALPHABETICUS

Cognominum & nominum, quæ in Inscriptionibus
continentur, & memorantur.

*Numerus Romanus classem, Barbarus vero
Inscriptionem demonstrant.*

Z 2 *Ar-*

Cap

Fur-

Innocentius VIII. Pont. 11I.7.
v. 4.

Innocentius X. Pont. IX. 17.
X. 24.

Innocentius XI. Pont. IV. 10.
II. V. 15. IX. 21. XVII. 12.

Innocentius XII. Pont. IV. 11.
IX. 21.

Innocentius XIII. Pont. IX. 21.

Invitiati . Laelius VI. 5.

Johannellis de . Johannes Angelus . Lucia *Azazini* VI. 20.

Johannes III. Poloniae Rex
XVII. 12.

Johannes Antonius Sabaudiae
Dux XI. 2.

Johannis. Christophorus X. 11.

Judicibus de . Augustinus XIII.
10.

K

K *Reaytter* . Fridericus de
Corvinis XVII. 16.

L

L *Aghi* . Fr. Aloysius 1II.
25.

Lamberti. Bartholomaeus . Bonifacius XV. 13.

Lambertini . Vide Bened. XIV.

Lancellotti . Horatius Card.
X. 26.

Lenguelia. Anna de *Asse* XIII.
16.

Leopoldus I. Imp. XVII. 12.

Levis . Bernardus IV. 8. IX.
20. Caesar . Catharina de

Alexandris IV. 8. Clara Balestra IX. 20. Hieronymus
IV. 8. IX. 20. Johannes Baptista IV. 8. IX. 20. Leonardus Ep. IV. 8. Victoria *Ricciolini*. IX. 20. Victoria
de *Roggeriis* IV. 8.

Lingles . Anna. Ugo 1I. 3.

Longi . Alexander. Horatius .
Lucretia *Bertoncelli* XV. 3.

Lucatelli . Angelus X. 22.

Ludovicus XIII. Galliarum
Rex 1II. 17. 18.

Ludovicus Princeps Sabaudiae
1I. 1.

Ludovisi. Vide Gregor. XV.
Pont.

Lusignano de . Carolotta Regina Cypri 1I. 3.

M

M *Acinelli* . Nicolaus XIII.
2.

Maffioli . Julius XIII. 12.

Magoni . Petrus XVII. 8.

Maillard de Touraon . Carolus Thomas Card. 1II. 22.

Malethi . Margarita . Thomas
XIII. 1.

Malgarini . Paulus XIII. 10.

Malliao de . Gabriella XVII. 3.

Mannini Antonius XVII. 4.

Marzoli . Antonius XIII. 2.

Marcellus II. Pont. X. 19.

Marchis de . Eusebius . Johannes XIII. 4.

A 2 Mar-

Simo-

X

Z

INDEX

INDEX

PECULIARIS FAMILIARUM

PER PATRIAS DISTRIBUTARUM,

Quæ in Indice præcedenti per ipsa cognomina reperiri poterunt.

A

ALBA POMPEIA
Capotia.
Zabaldina.

ALBINGAUNUM
Aste de.
Vivalda.

ALEXANDRIA
Statiellorum.
Bonella.
Ghisliera.
Invitiata.
Molinaria.
Vacca.

AMENUM
Agazina.

ARRETIUM
Camajana.

ASSIA
Albinganen.
Ponte a.

ASTA POMPEJA
Ari.
Balba.
Bona.

Johanna.
Peletta.
Prata.
Sburlata.
Silvia.
Solara.
Thomata.
Vigna.

AUXIMUM
Pina.

B

BONONIA
Boncompagna.
Castello de.
Gypsia.
Lambertina.
Ludovisia.

BOSCUM
Ghisleria.

BRANZAGUM
Bovia.

BREMA
Papien.
Ungarina.

BRI-

FANUM

F

FANUM FORTUNAE
Rusticuccia .
   FIRMUM
Baleftra .
   FLORENTIA
Alexandris de .
Barberina.
Corfina .
Manzolia .
Marcorellia .
Nicolai .
Sacchetta .
Sarmentia .
Valle .
   FORUM LIVII
Loghia .
   FORUM SEMPRONII
Paffionea .
   FULGINEUM
Senzafono.

G

   GENEVA
Forefta .
Reydet .
   GENUA
Cybo .
Ferri .
  S. GEORGIUS
    Canapifius .
Guidoni .
Javella .
Mannina .

H

HISPANIA
Paceco .
HORTUS NOVUS
   Novarien.
Maffioli .
Vitali .

I

   IMOLA
Carretto .

L

  LABRIANUM
Alciata .
  LAUS POMPEJA
Summaripa .
  LAURETUM
    in Piceno .
Mozzia .
  LIBURNUM
    Montisfer.
Garronia .
   LUCA
Monia .
  LUCANUM
    Eporedien.
Boggia .

M

  MACANEUM
Albertina .
  MEDIOLANUM
Medicea .
Petra .

    B b   Vice-

PINA-

PINAROLUM
Vincentia.
PISAE
Abbatibus de.
PISTORIUM
Martinila.
Rospigliosa.
PONS STURAE
Casalen.
Capretia.
PRATUM
in Etruria.
Vaja.
PRATUM
Novarien.
Furgotta.
Perlinaria.
PREDARIUM
Novarien.
Nepi.

R

REGIUMLEPIDI
Zobola.
RECINETUM
Massutia.
RIPALTA
Aquen.
Petrasancta.
ROMA
Alteria.
Aragonia.
Belcaria.
Bertoncella.
Bonjoanne.
Bonlana.
Burgbesia.

Caccia.
Cagnellia.
Capranica.
Carduccia.
Cavaleriis de.
Casales.
Coronata.
Crespiata.
Falconeria.
Farnesia.
Furoaria.
Gallacina.
Grassis de.
Guarnellia.
Lancellotta.
Maxima.
Muliarna de.
Muti.
Mutia.
Palentia.
Pamphilia.
Prata.
Prisa.
Puteo a.
Rogeria.
Sabella.
Sanguinea.
Sinibalda.
Stampa.
Veralla.
Ugolina.
Victoria.
Ursina.
Vulpana.
ROMANIANUM
Titonia.

B b 2   RO-

Bra-

Bravetta.
Calandra.
Leria.
Marchis de.
Ravonia.
Spinis de.
VIGEVANUM
Buxis de.
VIRGULTUM
Brunella.

VITERBIUM
Sanctis de.
UNELIA
Calvi.
VOGHERIA
Riccia.
VOLATERRAE
Guidia.
URBINUM
Albana.
Garronia.

INDEX
ECCLESIARUM
SACRORUMQUE LOCORUM

In Opere memoratorum.

F

s. Francifci ad Ripam vi.
7. viii. 7. xiv. 2. xvi.
9. xvii. ii.

G

s. Gregorii in Clivo Scauri
v. 12. viii. 6. x. 19.
xiii. 5. xvii. 18.
s. Gregorii ad Pontem Caeſium
xvii. 16.

H

s. Hieronymi de Charita-
te iii. 24. v. 8.
s. Homoboni xv. 4.
s. Honuphrii v. 4. vi. 6. xiv.
14. xv. 8.

I

s. Jacobi in Reg. Pontis xv.
14.
s. Johannis in Ayno ix. 24.
s. Johannis Florentinorum v.
13.
s. Johannis in Laterano I. 1.
2. 11. iv. 9. vi. 2. 3. 15.
s. Johannis Bap. & Evang. Ora-
torium in Laterano 1. 1. 2. 3.
s. Jofephi Lignariorum xiii.
2.

L

s. Laurentii in Damaſo x.
7. xiv. 1. 11. xvii.
4.
s. Laurentii in Lucina xv. 16.
s. Laurentii in Miranda xiii.
11.
s. Laurentii in Reg. Montium
iv. 13. vi. 17.
s. Laurentii extra muros v. 1.
. ix. 8.
s. Luciae de Confalone xiv. 6.
s. Luciae della Tinta ix. 12.

M

s. Marci vi. 18. 20.
s. Mariae in Aquiro
viii. 3. 4.
s. Mariae de Aracoeli L. 20.
21. x. 10.
s. Martini Arboren. Ord. Praed.
iii. 23.
s. Mariae in Armeto vi. 15.
s. Mariae in Aventino ix. 2.
s. Mariae in Campo San6to ix.
3. x. 5. 9. 12.
s. Mariae Conceptionis Capuc-
cinorum ix. 26.
s. Mariae Confolationis x. 21.
s. Mariae in Cofmedin vi.
19.
s. Mariae ad Fontem in Laterano xvii. 22.

s. Ma.

INDEX

INDEX
LOCORUM PROFANORUM
In opere memoratorum.